鲁迅讲古籍序跋

鲁迅 著

河海大学出版社
HOHAI UNIVERSITY PRESS
·南京·

图书在版编目（CIP）数据

鲁迅讲古籍序跋/鲁迅著. --南京：河海大学出版社，2019.10
ISBN 978-7-5630-6039-9

Ⅰ.①鲁… Ⅱ.①鲁… Ⅲ.①鲁迅著作—序跋—汇编 Ⅳ.①I210.3

中国版本图书馆CIP数据核字(2019)第140373号

书　　名／**鲁迅讲古籍序跋**
书　　号／ISBN 978-7-5630-6039-9
责任编辑／毛积孝
特约编辑／李　路　　叶青竹
特约校对／李国群　　董　瑞
出版发行／河海大学出版社
地　　址／南京市西康路1号（邮编：210098）
电　　话／（025）83722833（营销部）
（025）83737852（总编室）
经　　销／全国新华书店
印　　刷／三河市元兴印务有限公司
开　　本／880mm×1230mm　1/32
印　　张／7.625
字　　数／142千字
版　　次／2019年10月第1版
印　　次／2019年10月第1次印刷
定　　价／59.80元

《大师讲堂》系列丛书

▶ 总序

/ 吴伯雄

梁启超说："学术思想之在一国，犹人之有精神也。"的确，学术的盛衰，关乎一个民族的精神气象与文化氛围。民国是一个动荡不安的时代，内忧外患，较之晚清，更为剧烈，中华民族几乎已经濒临亡国灭种的边缘。而就是在这样日月无光的民国时代，却涌现出了一批批大师，他们不但具有坚实的旧学基础，也具备超前的新学眼光。加之前代学术的遗产，西方思想的启发，古义今情，交相辉映，西学中学，融合创新。因此，民国是一个大师辈出的时代，梁启超、康有为、严复、王国维、鲁迅、胡适、冯友兰、余嘉锡、陈垣、钱穆、刘师培、马一孚、熊十力、顾颉刚、赵元任、汤用彤、刘文典、罗根泽……单是这一串串的人名，就足以使后来的学人心折骨惊，高山仰止。而他们在史学、哲学、文学、考古学、民俗学、教育学等各个领域所取得的成就，更是创造出了一个异彩纷呈的学术局面。

岁月如轮，大师已矣，我们已无法起大师于九原之下，领教大师们的学术文章。但是，"世无其人，归而求之吾书"（程子语）。

大师虽已远去，他们留下的皇皇巨著，却可以供后人时时研读。时时从中悬想其风采，吸取其力量，不断自勉，不断奋进。诚如古人所说："圣贤备黄卷中，舍此安求？"有鉴于此，我们从卷帙浩繁的民国大师著作当中，精心编选出版了这一套"大师讲堂系列丛书"，分辑印行，以飨读者。原书初版多为繁体字竖排，重新排版字体转换过程当中，难免会有鲁鱼亥豕之讹，还望读者不吝赐正。

吴伯雄，福建莆田人，1981年出生。2003年考入福建师范大学古代文学研究系，师从陈节教授。2006年获硕士学位。同年9月考入复旦大学中文系古代文学专业，师从王水照先生。2009年7月获博士学位。同年9月进入福建师范大学文学院古代文学教研室工作。推崇"博学而无所成名"。出版《论语择善》（九州出版社），《四库全书总目选》（凤凰出版社）。

目录

鲁迅读中国古籍 | 001

鲁迅读中国古籍

樊山老中國上冊

《唐宋传奇集》稗边小缀

《古镜记》见《太平广记》卷二百三十，改题《王度》，注云：出《异闻集》。《太平御览》（九百十二）引其程雄家婢一事，作隋王度《古镜记》，盖缘所记皆隋时事而误。《文苑英华》（七百三十七）顾况《戴氏广异记》序云："国朝燕公《梁四公记》，唐临《冥报记》，王度《古镜记》，孔慎言《神怪志》，赵自勤《定命录》，至如李庾成张孝举之徒，互相传说。"则度实已入唐，故当为唐人。惟《唐书》及《新唐书》皆无度名。其事迹之可藉本文考见者，如下：

> 大业七年五月，自御史罢归河东；六月，归长安。八年四月，在台；冬，兼著作郎，奉诏撰国史。九年秋，出兼芮

城令；冬，以御史带芮城令，持节河北道，开仓赈给陕东。

十年，弟勣自六合丞弃官归，复出游。十三年六月，勣归长安。

由隋入唐者有王绩，绛州龙门人，《新唐书》（一九六）《隐逸传》云："大业中，举孝悌廉洁……不乐在朝，求为六合丞。以嗜酒不任事，时天下亦乱，因劾，遂解去。叹曰：'罗网在天下，吾且安之！'乃还乡里……初，兄凝为隋著作郎，撰《隋书》，未成，死。绩续余功，亦不能成。"则《新唐书》之绩及凝，即此文之勣及度，或度一名凝，或《唐书》字误，未能详也。《唐书》（一九二）亦有绩传，云："贞观十八年卒。"时度已先殁，然不知在何年。宋晁公武《郡斋读书志》（十四）类书类有《古镜记》一卷，云："右未详撰人，纂古镜故事。"或即此。《御览》所引一节，文字小有不同。如"为下邽陈思恭义女"下有"思恭妻郑氏"五字，"遂将鹦鹉"之"将"作"劫"，皆较《广记》为胜。

《补江总白猿传》据明长洲《顾氏文房小说》覆刊宋本录，校以《太平广记》四百四十四所引改正数字。《广记》题曰《欧阳纥》，注云：出《续江氏传》，是亦据宋初单行本也。 此传在唐宋时盖颇流行，故史志屡见著录：

《新唐书》《艺文志》子部小说家类：《补江总白猿传》一卷。

《郡斋读书志》史部传记类：《补江总白猿传》一卷。右不详何人撰。述梁大同末欧阳纥妻为猿所窃，后生子询。《崇文目》以为唐人恶询者为之。

《直斋书录解题》子部小说家类：《补江总白猿传》一卷。　无名氏。欧阳纥者，询之父也。询貌猕猿，盖常与长孙无忌互相嘲谑矣。此传遂因其嘲广之，以实其事。托言江总，必无名子所为也。

《宋史》《艺文志》子部小说类：《集补江总白猿传》一卷。

长孙无忌嘲欧阳询事，见刘餗《隋唐嘉话》（中）。其诗云："耸髆成山字，埋肩不出头。谁家麟阁上，画此一猕猴！"盖询耸肩缩颈，状类猕猴。而老玃窃人妇生子，本旧来传说。汉焦延寿《易林》（坤之剥）已云："南山大玃，盗我媚妾。"晋张华作《博物志》，说之甚详（见卷三《异兽》）。唐人或妒询名重，遂牵合以成此传。其曰"补江总"者，谓总为欧阳纥之友，又尝留养询，具知其本末，而未为作传，因补之也。

《离魂记》见《广记》三百五十八，原题《王宙》，注云出

《离魂记》，即据以改题。“二男并孝廉擢第，至丞尉”句下，原有“事出陈玄祐《离魂记》云”九字，当是羡文，今删。玄祐，大历时人，余未知其审。

《枕中记》今所传有两本，一在《广记》八十二，题作《吕翁》，注云出《异闻集》；一见于《文苑英华》八百三十三，篇名撰人名毕具。而《唐人说荟》竟改称李泌作，莫喻其故也。沈既济，苏州吴人（《元和姓纂》云吴兴武康人），经学该博，以杨炎荐，召拜左拾遗史馆修撰。贞元时，炎得罪，既济亦贬处州司户参军。后入朝，位礼部员外郎，卒。撰《建中实录》十卷，人称其能。《新唐书》（百三十二）有传。既济为史家，笔殊简质，又多规诲，故当时虽薄传奇文者，仍极推许。如李肇，即拟以庄生寓言，与韩愈之《毛颖传》并举（《国史补》下）。《文苑英华》不收传奇文，而独录此篇及陈鸿《长恨传》，殆亦以意主箴规，足为世戒矣。

在梦寐中忽历一世，亦本旧传。晋干宝《搜神记》中即有相类之事。云：“焦湖庙有一玉枕，枕有小坼。时单父县人杨林为贾客，至庙祈求。庙巫谓曰：君欲好婚否？林曰：幸甚。巫即遣林近枕边，因入坼中。遂见朱楼琼室，有赵太尉在其中。即嫁女与林，生六子，皆为秘书郎。历数十年，并无思归之志。忽如梦觉，犹在枕旁，林怆然久之。”（见宋乐史《太平寰宇记》百二十六引。现行本《搜神记》乃后人钞合，失收此条。）盖即《枕中记》所本。明汤显祖又本《枕中记》以作《邯郸记》传奇，其事遂大显于世。原文吕翁无名，《邯郸记》实以吕洞宾，殊误。洞宾以开成年下第入山，在开元后，不应先已得神仙术，且称翁也。然宋时固已溷为一谈，吴曾《能改斋漫录》，赵与旹《宾退录》皆尝辨之。明胡应麟亦有考正，见《少室山房笔丛》中之《玉壶遐览》。

《太平广记》所收唐人传奇文，多本《异闻集》。其书十卷，唐末屯田员外郎陈翰撰，见《新唐书》《艺文志》，今已不传。据《郡斋读书志》（十三）云，“以传记所载唐朝奇怪事，类为一书”，及见收于《广记》者察之，则为撰集前人旧文而成。然照以他书所引，乃同是一文，而字句又颇有违异。或所据乃别本，或翰所改定，未能详也。此集之《枕中记》，即据《文苑英华》录，与《广记》之采自《异闻集》者多不同。尤甚者如首七句《广记》作“开元十九年，道者吕翁经邯郸道上，邸舍中设榻，施担囊而坐。”“主人方蒸黍”作“主人蒸黄粱为馔”。后来凡言“黄粱梦”者，皆本《广记》也。 此外尚多，今不悉举。

《任氏传》见《广记》四百五十二，题曰《任氏》，不著所出，盖尝单行。“天宝九年”上原有“唐”字。案《广记》取前代书，凡年号上著国号者，大抵编录时所加，非本有，今删。他篇皆仿此。

右第一分

李吉甫《编次郑钦说辨大同古铭论》，清赵钺及劳格撰之《唐御史台精舍题名考》（三）云，见于《文苑英华》。先未写出，适又无《文苑英华》可借，因据《广记》三百九十一录其文，本题《郑钦说》，则复依赵钺劳格说改也。文亦原非传奇，而《广记》注云出《异闻记》，盖其事奥异，唐宋人固已以小说视之，因编于集。李吉甫字弘宪，赵人，贞元初，为太常博士；累仕至翰林学士中书舍人。元和二年，以中书侍郎同中书门下平章事，出为淮南节度使，旋复入相。九年十月，暴疾卒，年五十七。赠司空，谥忠懿。两《唐书》（旧一四八新一四六）皆有传。郑钦说则《新唐书》（二百）附见《儒学》《赵冬曦传》中。云开元初繇新津丞请试五经擢第，授巩县尉，集贤院校理，右补阙，内供奉。雅为李林甫所恶。韦坚死，钦说时位殿中待御史，尝为坚判官，贬夜郎尉，卒。

《柳氏传》出《广记》四百八十五，题下注云许尧佐撰。《新唐书》（二百）《儒学》《许康佐传》云："贞元中，举进士宏辞，连中之。……其诸弟皆擢进士第，而尧佐最先进；又举宏辞，为太子校书郎。

八年，康佐继之。尧佐位谏议大夫。”柳氏事亦见于孟棨《本事诗》（《情感》第一），自云开成中在梧州闻之大梁夙将赵唯，乃其目击。所记与尧佐传并同，盖事实也。而述翃复得柳氏后事较详审，录之：

后罢府闲居，将十年。李相勉镇夷门，又署为幕吏。时韩已迟暮，同列皆新进后生，不能知韩。举目为“恶诗”。韩邑邑不得意，多辞疾在家。唯末职韦巡官者，亦知名士，与韩独善。一日，夜将半，韦叩门急。韩出见之，贺曰：“员外除驾部郎中，知制诰。”韩大愕然曰：“必无此事，定误矣。”韦就座曰：“留邸状报制诰阙人。中书两进名，御笔不点出。又请之，且求圣旨所与。德宗批曰：‘与韩翃。’时有与翃同姓名者，为江淮刺史。又具二人同进。御笔复批曰：‘春城无处不飞花，寒食东风御柳斜。日暮汉宫传蜡烛，轻烟散入五侯家。’又批曰：‘与此韩翃。’”韦又贺曰：“此非员外诗耶？”韩曰：“是也。是知不误矣。”质明，而李与僚属皆至。时建中初也。

后来取其事以作剧曲者，明有吴长孺《练囊记》，清有张国寿《章台柳》。

《柳毅传》见《广记》四百十九卷，注云出《异闻集》。原题无传字，今增。据本文，知为陇西李朝威作，然作者之生平不可考。柳毅事则颇为后人采用，金人已摭以作杂剧（语见董解元《弦索西厢》；元尚仲贤有《柳毅传书》，翻案而为《张生煮海》；李好古亦有《张生煮海》；明黄说仲有《龙箫记》。用于诗篇，亦复时有。而胡应麟深恶之，曾云："唐人小说如柳毅传书洞庭事，极鄙诞不根，文士亟当唾去，而诗人往往好用之。夫诗中用事，本不论虚实，然此事特诳而不情。造言者至此，亦横议可诛者也。何仲默每戒人用唐宋事，而有'旧井潮深柳毅祠'之句，亦大卤莽。今特拈出，为学诗之鉴。"（《笔丛》三十六）申绎此意，则为凡汉晋人语，倘或近情，虽诳可用。古人欺以其方，即明知而乐受，亦未得为笃论也。

《李章武传》出《广记》卷三百四十。原题无传字，篇末注云出李景亮为作传，今据以加。景亮，贞元十年详明政术可以理人科擢第，见《唐会要》，余未详。

《霍小玉传》出《广记》四百八十七，题下注云蒋防撰。防字子徵（《全唐文作微），义兴人，澄之后。年十八，父诫令作《秋河赋》，援笔即成。于简遂妻以子。李绅即席命赋《韝上鹰》诗。绅荐之。后历翰林学士中书舍人（明凌迪知《古今万姓统谱》八十六）。长庆中，绅得罪，防亦自尚书司封员外郎知制诰贬汀州刺史（《旧唐书》《敬宗纪》），寻改连州。李益者，字君虞，系出陇西，累官右散骑常侍。太和中，以礼部尚书致仕。时又有一李益，官太子庶子，世因称君虞为“文章李益”以别之，见《新唐书》（二百三）《李华传》。益当时大有诗名，而今遗集苓落，清张澍曾裒集为一卷，刻《二酉堂丛书》中，前有事辑，收罗李事甚备。《霍小玉传》虽小说，而所记盖殊有因，杜甫《少年行》有句云“黄衫年少宜来数，不见堂前东逝波”，即指此事。时甫在蜀，殆亦从传闻得之。益之友韦夏卿，字云客，京兆万年人，亦两《唐书》（旧一六五新一六二）皆有传。李肇（《国史补》中）云“散骑常侍李益少有疑病”，而传谓小玉死后，李益乃大猜忌，则或出于附会，以成异闻者也。明汤海若尝取其事作《紫萧记》。

右第二分

李公佐所作小说，今有四篇在《太平广记》中，其影响于后来者甚钜，而作者之生平顾不易详。从文中所自述，得以考见者如次：

贞元十三年，泛潇湘苍梧。（《古岳渎经》）十八年秋，自吴之洛，暂泊淮浦。（《南柯太守传》）

元和六年五月，以江淮从事受使至京，回次汉南。（《冯媪传》）八年春，罢江西从事，扁舟东下，淹泊建业。（《谢小娥传》）冬，在常州。（《经》）九年春，访古东吴，泛洞庭，登包山。（《经》）十三年夏月，始归长安，经泗滨。（《谢传》）

《全唐诗》末卷有李公佐仆诗。其本事略谓公佐举进士后，为钟陵从事。有仆夫执役勤瘁，迨三十年。一旦，留诗一章，距跃凌空而去。诗有“颛蒙事可亲”之语，注云“公佐字颛蒙”，疑即此公佐也。然未知《全唐诗》采自何书，度必出唐人杂说，而寻检未获。《唐书》（七十）《宗室世系表》有千牛备身公佐，为河东节度使说子，灵盐朔方节度使公度弟，则别一人也。《唐书》《宣宗纪》载有李公佐，会昌初，为杨府录事，大中二年，坐累削两任官，却似颛蒙。然则此李公佐盖生于代宗时，至宣宗初犹在，年几八十矣。惟所见仅孤证单文，亦未可遽定。

《古岳渎经》出《广记》四百六十七，题为《李汤》，注云出《戎幕闲谈》，《戎幕闲谈》乃韦绚作，而此篇是公佐之笔甚明。元陶宗仪《辍耕录》（二十九）云：“东坡《濠州涂山》诗‘川锁支祁水尚浑’注，‘程演曰：《异闻集》载《古岳渎经》：禹治水，至桐柏山，获淮涡水神，名曰巫支祁。’”其出处及篇名皆具，今即据以改题，且正《广记》所注之误。《经》盖公佐拟作，而当时已被其淆惑。李肇《国史补》（上）即云：“楚州有渔人，忽于淮中钓得古铁锁，挽之不绝。 以告官。刺史李汤大集人力，引之。锁穷，有青猕猴跃出水，复没而逝。后有验《山海经》云，水兽好为害，禹锁于军山之下，其名曰无支祁。”验今本《山海经》无此语，亦不似逸文。肇殆为公佐此作所误，又误记书名耳。且亦非公佐据《山海经》逸文，以造《岳渎经》也。至明，遂有人径收之《古逸书》中。胡应麟（《笔丛》三十二）亦有说，以为“盖即六朝人踵《山海经》体而赝作者。或唐人滑稽玩世之文，命名《岳渎》可见。以其说颇诡异，故后世或喜道之。宋太史景濂亦稍隐括集中，总之以文为戏耳。罗泌《路史》辩有无支祁；世又讹禹事为泗州大圣，皆可笑”。所引文亦与《广记》殊有异同：禹理水作禹治淮水；走雷作迅雷；石号作水号；五伯作土伯；搜命作授命；千作等山；白首作白面；奔轻二字无；闻字无；章律作童律，下重有童律二字；鸟木由作乌木由，下亦重有三字；庚辰下亦重有庚辰字；桓下有胡字；聚作丛；以数千载作以千数；大索作大械；末四字无。颇较顺利可诵识。然未审元瑞所据者为善本，抑但以意更定也，故不据改。

朱熹《楚辞辩证》（下）云：“《天问》，鲧窃帝之息壤以堙洪水，特战国时俚俗相传之语，如今世俗僧伽降无之祁，许逊斩蛟蜃精之类。本无依据，而好事者遂假托撰造以实之。”是宋时先讹禹为僧伽。王象之《舆地纪胜》（四十四淮南东路盱眙军）云：“水母洞在龟山寺,俗传泗州僧伽降水母于此。”则复讹巫支祁为水母。褚人获《坚瓠续集》（二）云：“《水经》载禹治水至淮,淮神出见。形一猕猴,爪地成水。禹命庚辰执之。遂锁于龟山之下,淮水乃平。至明，高皇帝过龟山，令力士起而视之。因拽铁索盈两舟，而千人拨之起。仅一老猿，毛长盖体，大吼一声，突入水底。高皇帝急令羊豖祭之，亦无他患。”是又讹此文为《水经》，且坚嫁李汤事于明太祖矣。

《南柯太守传》出《广记》四百七十五，题《淳于棼》，注云出《异闻录》。《传》是贞元十八年作，李肇为之赞，即缀篇末。而元和中肇作《国史补》，乃云“近代有造谤而著者，《鸡眼》《苗登》二文；有传蚁穴而称者，李公佐《南柯太守》；有乐伎而工篇什者，成都薛涛，有家僮而善章句者，郭氏奴（不记名）。皆文之妖也”。（卷下）约越十年，遂诋之至此，亦可异矣。棼事亦颇流传，宋时，扬州已有南柯太守墓，见《舆地纪胜》（三十七淮南东路）引《广陵行录》。明汤显祖据以作《南柯记》，遂益广传至今。

《庐江冯媪传》出《广记》三百四十三，注云出《异闻传》。

事极简略，与公佐他文不类。然以其可考见作者踪迹，聊复存之。《广记》旧题无传字，今加。

《谢小娥传》出《广记》四百九十一，题李公佐撰。不著所从出，或尝单行欤，然史志皆不载。唐李復言作《续玄怪录》，亦详载此事，盖当时已为人所艳称。至宋，遂稍讹异，《舆地纪胜》（三十四江南西路）记临江军人物，有谢小娥，云："父自广州部金银纲，携家入京，舟过霸滩，遇盗，全家遇害。小娥溺水，不死，行乞于市。后佣于盐商李氏家，见其所用酒器，皆其父物，始悟向盗乃李也。心衔之，乃置刀藏之，一夕，李生置酒，举室酣醉。娥尽杀其家人，而闻于官。事闻诸朝，特命以官。娥不愿，曰：'已报父仇，他无所事，求小庵修道。'朝廷乃建尼寺，使居之，今金池坊尼寺是也。"事迹与此传似是而非，且列之李邈与傅雱之间，殆已以小娥为北宋末人矣。明凌濛初作通俗小说（《拍案惊奇》十九），则据《广记》。

贞元十一年，太原白行简作《李娃传》，亦应李公佐之命也。是公佐不特自制传奇，且亦促侪辈作之矣。《传》今在《广记》卷四百八十四，注云出《异闻集》。元石君宝作《李亚仙花酒曲江池》，明薛近兖作《绣襦记》，皆本此。胡应麟（《笔丛》四十一）论之曰："娃晚收李子，仅足赎其弃背之罪，传者亟称其贤，大可哂也。"以《春秋》决传奇狱，失之。行简字知退

（《新唐书》《宰相世系表》云，字退之），居易弟也。贞元末，登进士第。元和十五年，授左拾遗，累迁司门员外郎主客郎中。宝历二年冬，病卒。两《唐书》皆附见《居易传》（旧一六六新一一九）。有集二十卷，今不存。传奇则尚有《三梦记》一篇，见原本《说郛》卷四。其刘幽求一事尤广传，胡应麟（《笔丛》三十六）又云："《太平广记》梦类数事皆类此。此盖实录，余悉祖此假托也。"案清蒲松龄《聊斋志异》中之《凤阳士人》，盖亦本此。

《说郛》于《三梦记》后，尚缀《纪梦》一篇，亦称行简作。而所记年月为会昌二年六月，时行简卒已十七年矣。疑伪造，或题名误也。附存以备检：

> 行简云：长安西市帛肆有贩粥求利而为之平者，姓张，不得名。家富于财，居光德里。其女，国色也。尝因昼寝，梦至一处，朱门大户，棨节森然。由门而入，望其中堂，若设燕张乐之为，左右廊皆施帏幄。有紫衣吏引张氏于西廊幕次，见少女如张等辈十许人，花容绰约，花钿照耀。既至，吏促张妆饰，诸女迭助之理泽傅粉。有顷，自外传呼"侍郎来！"自隙间窥之，见一紫绶大官。张氏之兄尝为其小吏，识之，乃言曰："吏部沈公也。"俄又呼曰："尚书来！"

又有识者，并州王公也。逡巡复连呼曰："某来！""某来！"皆郎官以上，六七箇坐厅前。紫衣吏曰："可出矣。"群女旋进，金石丝竹铿鍧，震响中署。酒酣，并州见张氏而视之，尤属意。谓之曰："汝习何艺能？"对曰："未尝学声音。"使与之琴，辞不能。曰："第操之！"乃抚之而成曲。予之筝，亦然；琵琶，亦然。皆平生所不习也。王公曰："恐汝或遗。"乃令口受诗："鬟梳闹扫学宫妆，独立闲庭纳夜凉。手把玉簪敲砌竹，清歌一曲月如霜。"张曰："且归辞父母，异日复来。"忽惊啼，寤，手扪衣带，谓母曰："尚书诗遗矣！"索笔录之。问其故，泣对以所梦，且曰："殆将死乎？"母怒曰："汝作魇耳。何以为辞？乃出不祥言如是。"因卧病累日。外亲有持酒肴者，又有将食味者。女曰："且须膏沐澡瀹。"母听，良久，艳妆盛色而至。食毕，乃遍拜父母及坐客，曰："时不留，某今往矣。"自授衾而寝。父母环伺之，俄尔遂卒。会昌二年六月十五日也。

二十年前，读书人家之稍豁达者，偶亦教稚子诵白居易《长恨歌》。陈鸿所作传因连类而显，忆《唐诗三百首》中似即有之。而鸿之事迹颇晦，惟《新唐书》《艺文志》小说类有陈鸿《开元升平源》一卷，注云："字大亮，贞元主客郎中。"又《唐文粹》

（九十五）有陈鸿《大统纪序》云："少学乎史氏，志在编年。贞元丁（案当作乙）酉岁，登太常第，始闲居遂志，迺修《大统纪》三十卷。……七年，书始成，故绝笔于元和六年辛卯。"《文苑英华》（三九二）有元稹撰《授丘纾陈鸿员外郎制》，云："朝议郎行太常博士上柱国陈鸿，坚于讨论，可以事举，可虞部员外郎。"可略知其仕历。《长恨传》则有三本。一见于《文苑英华》七百九十四；明人又附刊一篇于后，云出《丽情集》及《京本大曲》，文句甚异，疑经张君房辈增改以便观览，不足据。一在《广记》四百八十六卷中，明人掇以实丛刊者皆此本，最为广传。而与《文苑》本亦颇有异同，尤甚者如"其年复四月"至篇末一百七十二字，《广记》止作"至宪宗元和元年，盩厔尉白居易为歌以言其事。并前秀才陈鸿作传，冠于歌之前，目为《长恨歌传》"而已。自称前秀才陈鸿，为《文苑》本所无，后人亦决难臆造，岂当时固有详略两本欤，所未详也。今以《文苑英华》较不易见，故据以入录。然无诗，则以载于《白氏长庆集》者足之。

《五色线》（下）引陈鸿《长恨传》云："贵妃赐浴华清池，清澜三尺，中洗明玉，既出水，力微不胜罗绮。"今三本中均无第二三语。惟《青琐高议》（七）中《赵飞燕别传》有云："兰汤滟滟，昭仪坐其中，若三尺寒泉浸明玉。"宋秦醇之所作也。盖引者偶误，非此传逸文。

本此传以作传奇者，有清洪昉思之《长生殿》，今尚广行。蜗寄居士有杂剧曰《长生殿补阙》，未见。

《东城老父传》出《广记》四百八十五。《宋史》《艺文志》史部传记类著录陈鸿《东城老父传》一卷，则曾单行。传末贾昌述开元理乱，谓“当时取士，孝悌理人而已，不闻进士宏词拔萃之为其得人也。”亦大有叙“开元升平源”意。又记时人语云：“生儿不用识文字，斗鸡走马胜读书。贾家小儿年十三，富贵荣华代不如。”同出于陈鸿所作传，而远不如《长恨传》中“生女勿悲酸，生男勿喜欢”之为世传诵，则以无白居易为作歌之为之也。

《资治通鉴考异》卷十二所引有《升平源》，云世以为吴兢所撰，记姚元崇藉射邀恩，献纳十事，始奉诏作相事。司马光驳之曰：“果如所言，则元崇进不以正。又当时天下之事，止此十条，须因事启沃，岂一旦可邀。似好事者为之，依托兢名，难以尽信。”案兢，汴州浚仪人，少励志，贯知经史。魏元忠荐其才堪论撰，诏直史馆，修国史。私撰《唐书》《唐春秋》，叙事简核，人以董狐目之。有传在《唐书》（旧一百二新一三二）。《开元升平源》《唐志》本云陈鸿作，《宋史》《艺文志》史部故事类始著吴兢《贞观政要》十卷，又《开元升平源》一卷。疑此书本不著撰人名氏，陈鸿吴兢，并后来所题。二人于史皆有名，欲假以增重耳。今姑置之《东城老父传》之后，以从《通鉴考异》

写出，故仍题兢名。

右第三分

元稹字微之，河南河内人，以校书郎累仕至中书舍人，承旨学士。由工部侍郎入相，旋出为同州刺史，改越州，兼浙东观察使。太和初，入为尚书左丞，检校户部尚书，兼鄂州刺史武昌军节度使。五年七月，卒于镇，年五十三。两《唐书》（旧一六六新一七四）皆有传。于文章亦负重名，自少与白居易唱和。当时言诗者称“元白”，号为“元和体”。有《元氏长庆集》一百卷，《小集》十卷，今惟《长庆集》六十卷存。《莺莺传》见《广记》四百八十八。其事之振撼文林，为力甚大。当时已有杨巨源李绅辈作诗以张之；至宋，则赵令畤括以制《商调蝶恋花》（在《侯鲭录》中）；金有董解元作《弦索西厢》；元有王实甫《西厢记》，关汉卿《续西厢记》；明有李日华《南西厢记》，陆采亦有《南西厢记》，周公鲁有《翻西厢记》；至清，查继佐尚有《续西厢》杂剧云。

因《莺莺传》而作之杂剧及传奇，曩惟王关本易得。今则刘氏暖红室已刊《弦索西厢》，又聚赵令畤《商调蝶恋花》等较著之作十种为《西厢记十则》。市肆中往往而有，不难致矣。

《莺莺传》中已有红孃及欢郎等名，而张生独无名字。王楙《野客丛书》（二十九）云：“唐有张君瑞，遇崔氏女于蒲。崔小名莺莺。元稹与李绅语其事。作《莺莺歌》。”客中无赵令畤《侯鲭录》，无从知《商调蝶恋花》中张生是否已具名字。否则宋时当尚有小说或曲子，字张为君瑞者。漫识于此，俟有书时考之。

《周秦行纪》余所见凡三本。一在《广记》卷四百八十九；一在顾氏《文房小说》中，末一行云“宋本校行”；一附于《李卫公外集》内，是明刊本。后二本较佳，即据以互校转写，并从《广记》补正数字。三本皆题牛僧孺撰。僧孺，字思黯，本陇西狄道人，居宛叶间。元和初，以贤良方正对策第一，条指失政，鲠讦不避权贵，因不得意。后渐仕至御史中丞，以户部侍郎同中书门下平章事。又累贬为循州长史。宣宗立，乃召还，为太子少师。大中二年，年六十九卒，赠太尉，谥文简。两《唐书》（旧一七二新一七四）皆有传。僧孺性坚僻，与李德裕交恶，各立门户，终生不解。又好作志怪，有《玄怪录》十卷，今已佚，惟辑本一卷存。而《周秦行纪》则非真出僧孺手。晁公武（《郡斋读书志》十三）云“贾黄中以为韦瓘所撰。瓘，李德裕门人，以此诬僧孺”者也。案是时有两韦瓘，皆尝为中书舍人。一年十九入关，应进士举，二十一进士状头，榜下除左拾遗，大中初任廉察桂林，寻除主客分司。见莫休符《桂林风土记》。一字茂宏，京兆万年人，韦夏卿弟正卿之子也。“及进士第，仕累中书舍人。与李德裕善。……李宗闵恶之，德裕罢，贬为明州长史。”见《新唐书》（一六二）《夏卿传》，则为作《周秦行纪》者。胡应麟（《笔丛》三十二）云：“中有‘沈婆儿作天子’等语，所为根蒂者不浅。独怪思黯罹此巨谤，不亟自明，何也？牛李二党曲直，大都鲁卫间。牛撰《玄怪》等录，亡只词构李，李之徒顾作此以危之。于戏，二子者，用心覩矣！牛迄功名终，而子孙累叶贵盛。李挟高世之才，振代之绩，卒沦海岛，非忌刻忮害之报耶？辄因是书，播告夫世之工谮愬者。”乞灵于果报，殊未足以餍心。然观李德裕所作《周秦行纪论》，至欲持此一文，致僧孺于族灭，则其阴谲险狠，可畏实甚。弃之者众，固其宜矣。论犹在集（外集四）中，迻录于后：

言发于中，情见乎辞。则言辞者，志气之来也。故察其言而知其内，翫其辞而见其意矣。余尝闻太牢氏（凉国李公尝呼牛僧孺为太牢。凉公名不便，故不书。）好奇怪其身，险易其行。以其姓应国家受命之谶，曰：“首尾三麟六十年，两角犊子恣狂颠，龙蛇相斗血成川。”及见著《玄怪录》，多造隐语，人不可解。其或能晓一二者，必附会焉。纵司马取魏之渐，用田常有齐之由。故自卑秩，至于宰相，而朋党若山，不可动摇。欲有意摆撼者，皆遭诬坐，莫不侧目结舌，事具史官刘轲《日历》。余得太牢《周秦行纪》，反覆覩其太牢以身与帝王后妃冥遇，欲证其身非人臣相也，将有意于“狂颠”。及至戏德宗为“沈婆儿”，以代宗皇后为“沈婆”，令人骨战。可谓无礼于其君甚矣！怀异志于图谶明矣！余少服臧文仲之言曰：“见无礼于其君者，如鹰鹯之逐鸟雀也。”故贮太牢已久。前知政事，欲正刑书，力未胜而罢。余读国史，见开元中，御史汝南子谅弹奏牛僊客，以其姓符图谶。虽似是，而未合“三麟六十”之数。自裴晋国与余凉国（名不便）彭原（程）赵郡（绅）诸从兄，嫉太牢如仇，颇类余志。非怀私忿，盖恶其应谶也。太牢作镇襄州日，判復州刺史乐坤《贺武宗监国状》曰：“闲事不足为贺。”则恃姓敢如此耶！会余复知政事，将欲发觉，未有由。值平昭义，得与刘从谏交结书，因窜逐之。嗟乎，为人臣阴怀逆节，不独人得诛之，鬼得诛矣。凡与太牢胶固，未尝不是薄流无赖辈，以相表里。意太牢有望，而就佐命焉，斯亦信符命之致。或以中外罪余于太牢爱憎，故明此论，庶乎知余志。所恨未暇族之，而余又罢。岂非王者不死乎？遗祸胎于国，亦余大罪也。倘同余志，继而为政，宜为君除患。历既有数，意非偶然，若不在当代，必在于子孙。须以太牢少长，咸置于法，则刑罚中而社稷安，无患于二百四十年后。嘻！余致君之道，分隔于明时。嫉恶之心，敢辜于早岁？因援毫而摅宿愤。亦书《行纪》之迹于后。

论中所举刘轲，亦李德裕党。《日历》具称《牛羊日历》，牛羊，谓牛僧孺、杨虞卿也，甚毁此二人。书久佚，今有辑本，缪荃荪刻之《藕香零拾》中。又有皇甫松，著《续牛羊日历》，亦久佚。《资治通鉴考异》（卷二十）引一则，于《周秦行纪》外，且痛诋其家世，今节录之：

太牢早孤。母周氏，冶荡无检。乡里云："兄弟羞赧，乃令改醮。"既与前夫义绝矣，及贵，请以出母追赠。《礼》云："庶氏之母死，何为哭于孔氏之庙乎？"又曰："不为伋也妻者，是不为白也母。"而李清心妻配牛幼简，是夏侯铭所谓"魂而有知，前夫不纳于幽壤，殁而可作，后夫必诉于玄穹"。使其母为失行无适从之鬼，上罔圣朝，下欺先父，得曰忠孝智识者乎？作《周秦行纪》，呼德宗为"沈婆儿"，谓睿真皇太后为"沈婆"。此乃无君甚矣！

盖李之攻牛，要领在姓应图谶，心非人臣，而《周秦行纪》

之称德宗为“沈婆儿”，尤所以证成其罪。故李德裕既附之论后，皇甫松《续历》亦严斥之。今李氏《穷愁志》虽尚存（《李文饶外集》卷一至四，即此），读者盖寡；牛氏《玄怪录》亦早佚，仅得后人为之辑存。独此篇乃屡刻于丛书中，使世间由是更知僧孺名氏。时世既迁，怨亲俱泯，后之结果，盖往往非当时所及料也。

李贺《歌诗编》（一）有《送沈亚之歌》，序言元和七年送其下第归吴江，故诗谓：“吴兴才人怨春风，桃花满陌千里红，紫丝竹断骢马小，家住钱塘东复东。”中复云“春卿拾才白日下，掷置黄金解龙马，携笈归江重入门，劳劳谁是怜君者”也。然《唐书》已不详亚之行事，仅于《文苑传序》一举其名。幸《沈下贤集》迄今尚存，并考宋计有功《唐诗纪事》，元辛文房《唐才子传》，犹能知其概略。亚之字下贤，吴兴人。元和十年，进士及第，历殿中侍御史内供奉。太和初，为德州行营使者柏耆判官。耆贬，亚之亦谪南康尉；终郢州掾。其集本九卷，今有十二卷，盖后人所加。中有传奇三篇。亦并见《太平广记》，皆注云出《异闻集》，字句往往与集不同。今者据本集录之。

《湘中怨辞》出《沈下贤集》卷二。《广记》在二百九十八，题曰《太学郑生》，无序及篇末“元和十三年”以下三十六字。文句亦大有异，殆陈翰编《异闻集》时之所删改欤。然大抵本集为胜。其“遂我”作“逐我”，则似《广记》佳。惟亚之好作涩体，今亦无以决之。故异同虽多，悉不复道。

《异梦录》见集卷四。唐谷神子已取以入《博异志》。《广记》则在二百八十二，题曰《邢凤》，较集本少二十余字，王炎作王生。炎为王播弟，亦能诗，不测《异闻集》何为没其名也。《沈下贤集》今有长沙叶氏观古堂刻本，及上海涵芬楼影印本。二十年前则甚希覯。余所见者为影钞小草斋本，既录其传奇三篇，又以丁氏八千卷楼钞本校改数字。同是十二卷本《沈集》，而字句复颇有异同，莫知孰是。如王炎诗“择水葬金钗”，惟小草斋本如此，他本皆作“择土”。顾亦难遽定“择水”为误。此类甚多，今亦不备举。印本已渐广行，易于入手，求详者自可就原书比勘耳。

梦中见舞弓弯，亦见于唐时他种小说。段成式《酉阳杂俎》（十四）云：“元和初，有一士人，失姓字，因醉卧厅中。及醒，见古屏上妇人等悉于床前踏歌。歌曰：‘长安女儿踏春阳，无处春阳不断肠。舞袖弓腰浑忘却，蛾眉空带九秋霜。’其中双鬟者问曰：‘如何是弓腰？’歌者笑曰：‘汝不见我作弓腰乎？’乃反首，髻及地，腰势如规焉。士人惊惧，因叱之。忽然上屏，亦无其他。”其歌与《异梦录》者略同，盖即由此曼衍。宋乐史撰《杨太真外传》，卷上注中记杨国忠卧覩屏上诸女下床自称名，且歌舞。其中有“楚宫弓腰”，则又由《酉阳杂俎》所记而传讹。凡小说流传，大率渐广渐变，而推究本始，其实一也。

《秦梦记》见集卷二，及《广记》二百八十二，题曰《沈亚之》，异同不多。“击髏舞”当作“击髆舞”，“追酒”当作“置酒”，各本俱误。“如今日”之“今”字，疑衍，小草斋本有，他本俱无。

《无双传》出《广记》四百八十六，注云薛调撰。调，河中宝鼎人，美姿貌，人号为“生菩萨”。咸通十一年，以户部员外郎加驾部郎中，充翰林承旨学士，次年，加知制诰。郭妃悦其貌，谓懿宗曰：“驸马盍若薛调乎。”顷之，暴卒，年四十三，时咸通十三年二月二十六日也。世以为中鸩云（见《新唐书》《宰相世系表》《翰苑群书》及《唐语林》四）。胡应麟（《笔丛》四十一）云：“王仙客……事大奇而不情，盖润饰之过。或乌有无是类，不可知。”案范摅《云溪友议》（上）载“有崔郊秀才者，寓居于汉上，蕴精文艺，而物产罄悬。亡何，与姑婢通，每有阮咸之从。其婢端丽，饶彼音律之能，汉南之最也。姑鬻婢于连帅。帅爱之，以类无双，给钱四十万，宠眄弥深。郊思慕不已，即强亲府署，愿一见焉。其婢因寒食来从事冢，值郊立于柳阴，马上连泣，誓若山河。崔生赠以诗曰：‘公子王孙逐后尘，绿珠垂泪滴罗巾。侯门一入深如海，从此萧郎是路人。’”诗闻于帅，遂以归崔。无双下原有注云：“即薛太保之爱妾，至今图画观之。”然则无双不但实有，且当时已极艳传。疑其事之前半，或与崔郊姑婢相类；调特改薛太尉家为禁中，以隐约其辞。后半则颇有增饰，稍乖事理矣。明陆采尝拈以作《明珠记》。

柳珵《上清传》见《资治通鉴考异》卷十九。司马光驳之云：“信如此说，则参为人所劫，德宗岂得反云‘蓄养侠刺’。况陆贽贤相，安肯为此。就使欲陷参，其术固多，岂肯为此儿戏。全不近人情。”亦见于《太平广记》卷二百七十五，题曰《上清》，注云出《异闻集》。“相国窦公”作“丞相窦参”，后凡“窦公”皆只作一“窦”字；“隶名掖庭”下有“且久”二字；“怒陆贽”上有“至是大悟因”五字；“老”作“这”；“恣行媒孽”下有“乘间攻之”四字；“特敕”下有“削”字。余尚有小小异同，今不备举。此篇本与《刘幽求传》同附《常侍言旨》之后。《言旨》亦珵作，《郡斋读书志》（三）云，记其世父柳芳所谈。芳，蒲州河东人；子登，冕；登子璟，见《新唐书》（一三二）。珵盖璟之从兄弟行矣。

《杨娼传》出《广记》四百九十一，原题房千里撰。千里字鹄举，河南人，见《新唐书》《宰相世系表》。《艺文志》有房千里《南方异物志》一卷，《投荒杂录》一卷，注云：“太和初进士第，高州刺史，”是其所终官也。此篇记叙简率，殊不似作意为传奇。《云溪友议》（上）又有《南海非》一篇，谓房千里博士初上第，游岭徼。有进士韦滂自南海致赵氏为千里妾。千里倦游归京，暂为南北之别。过襄州遇许浑，托以赵氏。浑至，拟给以薪粟，则赵已从韦秀才矣。因以诗报房，云：“春风白马紫丝缰，正值蚕眠未采桑。五夜有心随暮雨，百年无节待秋霜。重寻绣带朱藤合，却认罗裙碧草长。为报西游减离恨，阮郎才去嫁刘郎。”房闻，哀恸几绝云云。此传或即作于得报之后，聊以寄慨者欤。然韦縠《才调集》（十）又以浑诗为无名氏作，题云：“客有新丰馆题怨别之词，因诘传吏，尽得其实，偶作四韵嘲之。”

《飞烟传》出《说郛》卷三十三所录之《三水小牍》，皇甫枚撰。亦见于《广记》四百九十一，飞烟作非烟。《三水小牍》本三卷，见《宋史》《艺文志》及《直斋书录解题》。今止存二卷，刻于卢氏《抱经堂丛书》及缪氏《云自在龛丛书》中。就书中可考见者，枚字遵美，安定人。三水，安定属邑也。咸通末，为汝州鲁山令；光启中，僖宗在梁州，赴调行在。明姚咨跋云：“天祐庚午岁，旅食汾晋，为此书。”今书中不言及此，殆出于枚之自序，而今失之。缪氏刻本有逸文一卷，收《非烟传》，然仅据《广记》所引，与《说郛》本小有异同，且无篇末一百余字。《广记》不云出于何书，盖尝单行也，故仍录之。

《虬髯客传》据明顾氏《文房小说》录，校以《广记》百九十三所引《虬髯传》，互有详略，异同，今补正二十余字。杜光庭字宾至，处州缙云人。先学道于天台山，仕唐为内供奉。

避乱入蜀，事王建，为金紫光禄大夫，谏议大夫，赐号广成先生。后主立，以为传真天师，崇真馆大学士。后解官，隐青城山，号东瀛子。年八十五卒。著书甚多，有《谏书》一百卷，《历代忠谏书》五卷，《道德经广圣义疏》三十卷，《录异记》十卷，《广成集》一百卷，《壶中集》三卷。此外言道教仪则，应验，及仙人，灵境者尚二十余种，八十余卷。今惟《录异记》流传。光庭尝作《王氏神仙传》一卷，以悦蜀主。而此篇则以窥觎神器为大戒，殆尚是仕唐时所为。《宋史》《艺文志》小说类著录作“《虬髯客传》一卷”。宋程大昌《考古编》（九）亦有题《虬须传》者一则，云：“李靖在隋，常言高祖终不为人臣。故高祖入京师，收靖，欲杀之。太宗教解，得不死。高祖收靖，史不言所以，盖讳之也。《虬须传》言靖得虬须客资助，遂以家力佐太宗起事。此文士滑稽，而人不察耳。又杜诗言‘虬须似太宗’。小说亦辨人言太宗虬须，须可挂角弓。是虬须乃太宗矣。而谓虬须授靖以资，使佐太宗，可见其为戏语也。”髯皆作须。今为虬髯者，盖后来所改。惟高祖之所以收靖，则当时史实未尝讳言。《通鉴考异》（八）云：“柳芳《唐历》及《唐书》《靖传》云：‘高祖击突厥于塞外。靖察高祖，知有四方之志。因自锁上变，将诣江都，至长安，道塞不通而止。’案太宗谋起兵，高祖尚未知；知之，犹不从。当击突厥之时，未有异志，靖何从察知之？又上变当乘驿取疾，何为自锁也？今依《靖行状》云：‘昔在隋朝，曾经忤旨。及兹城陷，高祖追责旧言，公忼慨直论，特蒙宥释。’”柳芳唐人，记上变之嫌，即知城陷见收之故矣。然史实常晦，小说辄传，《虬髯客传》亦同此例，仍为人所乐道，至绘为图，称曰“三侠”。取以作曲者，则明张凤翼张太和皆有《红拂记》，凌初成有《虬髯翁》。

右第四分

《冥音录》出《广记》四百八十九。中称李德裕为“故相”，则大中或咸通后作也。《唐人说荟》题朱庆餘撰，非。

《东阳夜怪录》出《广记》四百九十。叙王洙述其所闻于成自虚，夜中遇精魅，以隐语相酬答事。《唐人说荟》即题洙作，非也。郑振铎（《中国短篇小说集》）云：“所叙情节，类似牛僧孺的《元无有》，也许这两篇是同出一源的。”案《元无有》本在《玄怪录》中，全书已佚。此条《广记》三百六十九引之：

宝应中，有元无有，常以仲春末独行维扬郊野。值日晚，风雨大至。时兵荒后，人户多逃。遂入路旁空庄。须臾霁止，斜月方出。无有坐北窗，忽闻西廊有行人声。未几，见月中有四人，衣冠皆异，相与谈谐吟咏甚畅。乃云：“今夕如秋，风月若此，吾辈岂不为一言以展平生之事也？”其一人即曰云云。吟咏既朗，无有听之具悉。其一衣冠长人，即先吟曰：“齐绔鲁缟如霜雪，寥亮高声予所发。”其二黑衣冠短陋人，诗曰：“嘉宾良会清夜时，煌煌灯烛我能持。”其三故敝黄衣冠人，亦短陋，诗曰：“清冷之泉候朝汲，桑绠相牵常出入。”其四故黑衣冠人，诗曰：“爨薪贮泉相煎熬，充他口腹我为劳。”无有亦不以四人为异，四人亦不虞无有之在堂隍也，递相褒赏。观其自负，则虽阮嗣宗《咏怀》，亦若不能加矣。四人迟明方归旧所。无有就寻之，堂中惟有故杵，灯台，水桶，破铛。乃知四人即此物所为也。

《灵应传》出《广记》四百九十二，无撰人名氏。《唐人说荟》以为于逖作，亦非。《传》在记龙女之贞淑，郑承符之智勇，而亦取李朝威《柳毅传》中事，盖受其影响，又稍变易之。泾原节度使周宝字上珪，平州卢龙人。在镇务耕力，聚粮二十万石，号良将。黄巢据宣歙，乃徙宝镇海军节度使，兼南面招讨使。后为钱镠所杀。《新唐书》（一八六）有传。

右第五分

《隋遗录》上下卷，据原本《说郛》七十八录出，以《百川学海》校之。前题唐颜师古撰。末有无名氏跋，谓会昌中，僧志彻得于瓦棺寺阁南双阁之荀笔中。题《南部烟花录》，为颜公遗稿。取《隋书》校之，多隐文。后乃重编为《大业拾遗记》。原本缺落，凡十七八，悉从而补之矣云云。是此书本名《南部烟花录》，既重编，乃称《大业拾遗记》。今又作《隋遗录》，跋所未言，殆复由后来传刻者所改欤。书在宋元时颇已流行，《郡斋读书志》及《通考》并著《南部烟花录》；《通志》著《大业拾遗录》；《宋史》《艺文志》史部传记类亦有颜师古《大业拾遗》一卷，子部小说类又有颜师古《隋遗录》一卷，盖同书而异名，所据凡两本也。本文与跋，词意荒率，似一手所为。而托之师古，其术与葛洪之《西京杂记》，谓钞自刘歆之《汉书》遗稿者正等。然才识远逊，故罅漏殊多，不待吹求，已知其伪。清《四库全书总目》（一四三）云："王得臣《麈史》称其'极恶可疑。'姚宽《西溪丛语》亦曰：'《南部烟花录》文极俚俗。又载陈后主诗云，夕阳如有意，偏傍小窗明。此乃唐人方域诗，六朝语不如此。唐《艺文志》所载《烟花录》，记幸广陵事，此本已亡，故流俗伪作此书云云。'然则此亦伪本矣。今观下卷记幸月观时与萧后夜话，有'侬家事一切已托杨素了'之语，是时素死久矣。

师古岂疏谬至此乎？其中所载炀帝诸作，及虞世南赠袁宝儿作，明代辑六朝诗者，往往采掇，皆不考之过也。”

《炀帝海山记》上下卷，出《青琐高议》后集卷五，先据明张梦锡刻本录，而校以董氏所刻士礼居本。明钞原本《说郛》三十二卷中亦有节本一卷，并取参校。篇题下原有小注，上卷云“说炀帝宫中花木”，下卷云“记炀帝后苑鸟兽”，皆编者所加，今削。其书盖欲侈陈炀帝奢靡之迹，如郭氏《洞冥》，苏鹗《杜阳》之类，而力不逮。中有《望江南》调八阕，清《四库目》云，乃李德裕所创，段安节《乐府杂录》述其缘起甚详，亦不得先于大业中有之。

《炀帝迷楼记》录自原本《说郛》三十二。明焦竑作《国史》《经籍志》，并《海山记》皆著录，盖尝单行。清《四库目》（一四三）谓“亦见《青琐高议》。……竟以迷楼为在长安，乖谬殊甚。”然《青琐高议》中实无有，殆纪昀等之误也。周中孚（《郑堂读书记》）更推阐其评语，以为“后称‘大业九年，帝再幸江都，有迷楼。’末又称‘帝幸江都，唐帝提兵号令入京，见迷楼，太宗曰：“此皆民膏血所为！”乃命焚之。经月，火不灭。’则竟以迷楼为在长安，等诸项羽之焚阿房，何乖谬至于此极”云。

《炀帝开河记》从原本《说郛》卷四十四录出。《宋史》《艺文志》史部地理类著录一卷，注云不知作者。清《四库目》以为

“词尤鄙俚，皆近于委巷之传奇，同出依托，不足道。”按唐李匡文《资暇集》（下）云：“俗怖婴儿曰‘麻胡来！’不知其源者，以为多髯之神而验刺者，非也。隋将军麻祜，性酷虐。炀帝令开汴河，威棱既盛，至稚童望风而畏，互相恐嚇曰‘麻祜来！’稚童语不正，转祜为胡。”末有自注云：“麻祜庙在睢阳。鄜方节度使李丕即其后。丕为重建碑。”然则叔谋虐焰，且有其实，此篇所记，固亦得之口耳之传，非尽臆造矣。惜李丕所立碑文，今未能见，否则当亦有足资参证者。至冢中诸异，乃颇似本《西京杂记》所叙广陵王刘去疾发冢事，附会曼衍作之。

右四篇皆为《古今逸史》所收。后三篇亦见于《古今说海》，不题撰人。至《唐人说荟》，乃并云韩偓撰。致尧生唐末，先则颠沛危朝，后乃流离南裔，虽赋艳诗，未为稗史。所作惟《金銮密记》一卷，诗二卷，《香奁集》一卷而已。且于史事，亦不至荒陋如是。此盖特里巷稍知文字者所为，真所谓街谈巷议，然得冯犹龙掇以入《隋炀艳史》，遂弥复纷传于世。至今世俗心目中之隋炀，殆犹是昼游西苑，夜止迷楼者也。

明钞原本《说郛》一百卷，虽多脱误，而《迷楼记》实佳。以其尚存俗字，如“你”之类，刻本则大率改为“尔”或“汝”矣。世之雅人，憎恶口语，每当纂录校刊，虽故书雅记，间亦施以改定，俾弥益雅正。宋修《唐书》，于当时恒言，亦力求简古，往往大减神情，甚或莫明本意。然此犹撰述也。重刊旧文，辄亦不赦，即就本集所收文字而言，宋本《资治通鉴考异》所引《上清传》中之“这獠奴”，明清刻本《太平广记》引则俱作“老獠奴”矣；顾氏校宋本《周秦行纪》中之“屈两箇娘子”及“不宜负他”，《广记》引则作“屈二娘子”及“不宜负也”矣。无端自定为古人决不作俗书，拼命复古，而古意乃寖失也。

右第六分

《绿珠传》一卷出《琳琅秘室丛书》。其所据为旧钞本，又以别本校之。末有胡珽跋，云：“旧本无撰人名氏。案马氏《经籍考》题‘宋史官乐史撰’。宋人《续谈助》亦载此传，而删节其半。后有西楼北斋跋云：‘直史馆乐史，尤精地理学，故此传推考山水为详，又皆出于地志杂书者。’余谓绿珠一婢子耳，能感主恩而奋不顾身，是宜刊以风世云。咸丰三年八月，仁和胡珽识。”今再勘以《说郛》三十八所录，亦无甚异同。疑所谓旧钞本或别本者，即并从《说郛》出尔。旧校稍烦，其必改“越”为“粤”之类，尤近自扰，今悉不取。

《杨太真外传》二卷，取自顾氏《文房小说》。署史官乐史撰，《唐人说荟》收之，诬谬甚矣。然其误则始于陶宗仪《说郛》

之题乐史为唐人。此两本外，又尝见京师图书馆所藏丁氏八千卷楼旧钞本，称为“善本”，然实凡本而已，殊无佳处也。《宋史》《艺文志》史部传记类著录“曾致尧《广中台记》八十卷，又《绿珠传》一卷”，颇似《传》亦曾致尧作；又有“《杨妃外传》一卷”，注云“不知作者”；又有“乐史《滕王外传》一卷，又《李白外传》一卷，《洞仙集》一卷，《许迈传》一卷，《杨贵妃遗事》二卷”，注云“题岷山叟上”。书法函胡，殆不可以理析。然《续谈助》一跋而外，尚有《郡斋读书志》（九，传记类）云：“《绿珠传》一卷，右皇朝乐史撰。”又“《杨贵妃外传》二卷，右皇朝乐史撰。叙唐杨妃事迹，讫孝明之崩。”而《直斋书录解题》（七，传记类）亦云：“《杨妃外传》一卷，直史馆临川乐史子正撰。”则绿珠杨妃二传，皆乐史之作甚明。《杨妃传》卷数，宋时已分合不同，今所传者盖晁氏所见二卷本也。但书名又小变耳。

乐史，抚州宜黄人，自南唐入宋，为著作佐郎，出知陵州。以献赋召为三馆编修，迁著作郎，直史馆。观绿珠太真二传结衔，则皆此时作。后转太常博士，出知舒黄商三州，再入文馆，掌西京勘磨司，赐金紫。景德四年卒，年七十八。事详《宋史》（三百六）《乐黄目传》首。史多所著作，在三馆时，曾献书至四百二十余卷，皆叙科第孝悌神仙之事。又有《太平寰宇记》二百卷，征引群书至百余种，今尚存。盖史既博览，复长地理，故其辑述地志，即缘滥于采录，转成繁芜。而撰传奇如《绿珠》《太真传》，又不免专拾旧文，如《语林》《世说新语》《晋书》《明皇杂录》《开天传信记》《长恨传》《酉阳杂俎》《安禄山事迹》等，稍加排比，且常拳拳于山水也。

右第七分

宋刘斧秀才作《翰府名谈》二十五卷，又《摭遗》二十卷，《青琐高议》十八卷，见《宋史》《艺文志》子部小说类。今惟存《青琐高议》。有明张梦锡刊本，前后集各十卷，颇难得。近董康校刊士礼居写本，亦二十卷，又有别集七卷，《宋志》所无。然宋人即时有引《青琐摭遗》者，疑即今所谓别集。《宋志》以为《翰府名谈》之《摭遗》，盖亦误尔。其书杂集当代人志怪及传奇，漫无条贯，间有议，亦殊浅率。前有孙副枢序，不称名而称官，甚怪；今亦莫知为何人。此但选录其较整饬曲折者五篇。作者三人：曰魏陵张实子京，曰谯川秦醇子復（或作子履），曰淇上柳师尹。皆未考始末。一篇无撰人名。

《流红记》出前集卷五，题下原有注云“红叶题诗取韩氏”，今删。唐孟棨《本事诗》（《情感》第一）有顾况于洛乘门苑水中得大梧叶，上有题诗，况与酬答事。“帝城不禁东流水，叶上题诗欲寄谁”者，况和诗也。范摅《云溪友议》（下）又有《题红怨》，言卢渥应举之岁，于御沟得红叶，上有绝句，置于巾箱。及宣宗放宫人，渥获其一。“睹红叶而吁嗟久之，曰：‘当时偶题随流，不谓郎君收藏巾箧。’验其书，无不讶焉。诗曰：‘水流何太急，深宫尽日闲。殷勤谢红叶，好去到人间。’”宋人作传奇，始回避时事，拾旧闻附会牵合以成篇，而文意并瘁。如《流红记》，即其一也。

《赵飞燕别传》出前集卷七，亦见于原本《说郛》三十三，今参校录之。胡应麟（《笔丛》二十九）云：“戊辰之岁，余偶过燕中书肆，得残刻十数纸，题《赵飞燕别集》。阅之，乃知即《说郛》中陶氏删本。其文颇类东京，而末载梁武答昭仪化鼋事。盖六朝人作，而宋秦醇子復补缀以传者也。第端临《通考》渔仲《通志》并无此目。而文非宋所能。其间叙才数事，多俊语，出伶玄右，而淳质古健弗如。惜全帙不可见也。”又特赏其“兰汤滟滟”等三语，以为“百世之下读之，犹勃然兴”。然今所见本皆作别传，不作集；《说郛》本亦无删节，但较《高议》少五十余字，则或写生所遗耳。《高议》中录秦醇作特多，此篇及《谭意歌传》外，尚有《骊山记》及《温泉记》。其文芜杂，亦间有俊语。倘精心作之，如此篇者，尚亦能为。元瑞虽精鉴，能作《四部正讹》，而时伤嗜奇，爱其动魄，使勃然兴，则辄冀其为真古书以增声价。犹今人闻伶玄《飞燕外传》及《汉杂事秘辛》为伪书，亦尚有怫然不悦者。

《谭意歌传》出别集卷二，本无“传”字，今加。有注云“记英奴才华秀色”，今削。意歌，文中作意哥，未知孰是。唐有谭意哥，盖薛涛李冶之流，辛文房《唐才子传》曾举其名，然无事迹。秦醇此传，亦不似别有所本，殆窃取《莺莺传》《霍小玉传》等为前半，而以团圆结之尔。

《王幼玉记》出前集卷十，题下有注云“幼玉思柳富而死”，今删。

《王榭》出别集卷四，有注云“风涛飘入乌衣国”，今删；而于题下加“传”字。刘禹锡《乌衣巷》诗，本云：“朱雀桥边野草花，乌衣巷口夕阳斜。旧来王谢堂前燕，飞入寻常百姓家。”此篇改谢成榭，指为人名，且以乌衣为燕子国号，殊乏意趣。而宋张敦颐《六朝事迹编类》乃已引为典据，此真所谓“俗语不实流为丹青”者矣。因录之，以资谈助。

《梅妃传》出《说郛》三十八，亦见于顾氏《文房小说》，取以相校，《说郛》为长。二本皆不云何人作，《唐人说荟》取之，题曹邺者，妄也。唐宋史志亦未见著录。后有无名氏跋，言“得于万卷朱遵度家，大中二年七月所书”。又云“惟叶少蕴与予得之。”案朱遵度好读书，人目为“朱万卷”。子昂，称“小万卷”，由周入宋，为衡州录事参军，累仕至水部郎中。景德四年卒，年八十三。《宋史》（四三九）《文苑》有传。少蕴则叶梦得之字，梦得为绍圣四年进士，高宗时终于知福州，是南北宋间人。年代远不相及，何从同得朱遵度家书。盖并跋亦伪，非真识石林者之所作也。今即次之宋人著作中。

《李师师外传》出《琳琅秘室丛书》，记所据为旧钞本。后有黄廷鉴跋云：“《读书敏求记》云，吴郡钱功甫秘册藏有《李师师小传》，牧翁曾言悬百金购之而不获见者。偶闻邑中萧氏有此书，急假录一册。文殊雅洁，不类小说家言。师师不第色艺冠当时，观其后慷慨捐生一节，饶有烈丈夫概。亦不幸陷身倡贱，不得与坠崖断臂之俦，争辉彤史也。张端义《贵耳集》载有师师佚事二则，传文例举其大，故不载，今并附录于后。又《宣和遗事》载有师师事，亦与此传不尽合，可并参观之。琴六居士书。”《贵耳集》二则，今仍迻录于后，然此篇未必即端义所见本也。

道君北狩，在五国城或在韩州，凡有小小凶吉丧祭节序，北人必有赐赉。一赐必要一谢表。北人集成一帙，刊在榷场中。传写四五十年，士大夫皆有之，余曾见一本。更有《李师师小传》，同行于时。

道君幸李师师家，偶周邦彦先在焉。知道君至，遂匿于床下。道君自携新橙一颗，云“江南初进来”。遂与师师谑语。邦彦悉闻之，檃括成《少年游》云：“并刀如水，吴盐胜雪，纤手破新橙。”后云：“城上已三更，马滑霜浓，不如休去，直是少人行。”李师师因歌此词。道君问谁作。李师师奏云：“周邦彦词。”道君大怒，坐朝宣谕蔡京云：“开封府有监税周邦彦者，闻课额不登，如何京尹不案发来？”蔡京罔知所以，奏云：“容臣退朝呼京尹叩问，续得复奏。”京尹至，蔡以御前圣旨谕之。京尹云：“惟周邦彦课额增羡。”蔡云：“上意如此，只得迁就。”将上，得旨：“周邦彦职事废弛，可日下押出国门！”隔一二日，道君复幸李师师家，不见李师师。问其家，知送周监税。道君方以邦彦出国门为喜，既至，不遇。坐久至更初，李始归，愁眉泪睫，憔悴可掬。道君大怒云：“尔往那里去？”李奏：“臣妾万死，知周邦彦得罪，押出国门，略致一杯相别。不知官家来。”道君问：“曾有词否？”李奏云：“有《兰陵王》词。”今“柳阴直”者是也。道君云：“唱一遍看。”李奏云：“容臣妾奉一杯，歌此词为官家寿。”曲终，道君大喜，复召为大晟乐正。后官至大晟乐乐府待制。邦彦以词行，当时皆称美成词；殊不知美成文笔，大有可观，作《汴都赋》。如笺奏杂著，皆是杰作，可惜以词掩其他文也。当时李师师家有二邦彦，一周美成，一李士美，皆为道君狎客。士美因而为宰相。吁，君臣遇合于倡优下贱之家，国之安危治乱，可想而知矣。

右第八分终

《唐宋传奇集》序例

东越胡应麟在明代，博涉四部，尝云："凡变异之谈，盛于六朝，然多是传录舛讹，未必尽幻设语。至唐人，乃作意好奇，假小说以寄笔端。如《毛颖》《南柯》之类尚可，若《东阳夜怪》称成自虚，《玄怪录》元无有，皆但可付之一笑，其文气亦卑下亡足论。宋人所记，乃多有近实者，而文彩无足观。"其言盖几是也。餍于诗赋，旁求新途，藻思横流，小说斯灿。而后贤秉正，视同土沙，仅赖《太平广记》等之所包容，得存什一。顾复缘贾人贸利，撮拾彫镌，如《说海》，如《古今逸史》，如《五朝小说》，如《龙威秘书》，如《唐人说荟》，如《艺苑捃华》，为欲总目烂然，见者眩惑，往往妄制篇目，改题撰人，晋唐稗传，黥劓几尽。夫蚁子惜鼻，固犹香象，嫫母护面，讵逊毛嫱，则彼虽小说，夙称卑卑不足厕九流之列者乎，而换头削足，仍亦骇心之厄也。昔尝病之，发意匡正。先辑自汉至隋小说，为《钩沈》五部讫；渐复录唐宋传奇之作，将欲汇为一编，较之通行本子，稍足凭信。而屡更颠沛，不遑理董，委诸行箧，分饱蟫蠹而已。今夏失业，幽居南中，偶见郑振铎君所编《中国短篇小说集》，埽荡烟埃，斥伪返本，积年堙郁，一旦霍然。惜《夜怪录》尚题王洙，《灵应传》未删于逖，盖于故旧，犹存眷恋。继复读大兴徐松《登科记考》，积微成昭，钩稽渊密，而于李徵及第，乃引李景亮《人虎传》作证。此明人妄署，非景亮文。弥叹虽短书俚说，一遭篡乱，固贻害于谈文，亦飞灾于考史也。顿忆旧稿，发箧谛观，黯澹有加，渝敝则未。乃略依时代次第，循览一周。谅哉，王度《古镜》，犹有六朝志怪余风，而大增华艳。千里《杨倡》，柳珵《上清》，遂极庳弱，与诗运同。宋好劝惩，摭实而泥，飞动之致，眇不可期，传奇命脉，至斯以绝。惟自大历以至大中中，作者云蒸，郁术文苑，沈既济许尧佐擢秀于前，蒋防元稹振彩于后，而李公佐白行简陈鸿沈亚之辈，则其卓异也。特《夜怪》一录，显托空无，逮今允成陈言，在唐实犹新意，胡君顾贬之至此，窃未能同耳。自审所录，虽无秘文，而曩曾用心，仍自珍惜。复念近数年中，能恳恳顾及唐宋传奇者，当不多有。持此涓滴，注彼说渊，献我同流，比之芹子，或亦将稍减其考索之劳，而得甂绎之乐耶。于是杜门摊书，重加勘定，匝月始就，凡八卷，可校印。结愿知幸，方欣已歉：顾旧乡而不行，弄飞光于有尽，嗟夫，此亦岂所以善吾生，然而不得已也。犹有杂例，并缀左方：

一，本集所取资者，为明刊本《文苑英华》；清黄晟刊本《太平广记》，校以明许自昌刻本；涵芬楼影印宋本《资治通鉴考异》；董康刻士礼居本《青琐高议》，校以明张梦锡刊本及旧钞本；明翻宋本《百川学海》；明钞本原本《说郛》；明顾元庆刊本《文房小说》；清胡珽排印本《琳琅秘室丛书》等。

一，本集所取，专在单篇。若一书中之一篇，则虽事极煊赫，或本书已亡，亦不收采。如袁郊《甘泽谣》之《红线》，李復言《续玄怪录》之《杜子春》，裴铏《传奇》之《昆仑奴》《聂隐孃》等是也。皇甫枚《飞烟传》，虽亦是《三水小牍》逸文，然《太平广记》引则不云出于何书，似曾单行，故仍入录。

一，本集所取，唐文从宽，宋制则颇加决择。凡明清人所辑丛刊，有妄作者，辄加审正，黜其伪欺，非敢刊落，以求信也。日本有《游仙窟》，为唐张文成作，本当置《白猿传》之次，以章矛尘君方图版行，故不编入。

一，本集所取文章，有複见于不同之书，或不同之本，得以互校者，则互校之。字句有异，惟从其是。亦不历举某字某本作某，以省纷烦。倘读者更欲详知，则卷末具记某篇出于何书何卷，自可覆检原书，得其究竟。

一，向来涉猎杂书，遇有关于唐宋传奇，足资参证者，时亦写取，以备遗忘。比因奔驰，颇复散失。客中又不易得书，殊无可作。今但会集丛残，稍益以近来所见，并为一卷，缀之末简，聊存旧闻。

一，唐人传奇，大为金元以来曲家所取资，耳目所及，亦举一二。第于词曲之事，素未用心，转贩故书，谅多讹略，精研博考，以俟专家。

一，本集篇卷无多，而成就颇亦匪易。先经许广平君为之选录，最多者《太平广记》中文。惟所据仅黄晟本，甚虑讹误。去年由魏建功君校以北京大学图书馆所藏明长洲许自昌刊本，乃始释然。逮今缀缉杂札，拟置卷末，而旧稿潦草，复多沮疑，蒋径三君为致书籍十余种，俾得检寻，遂以就绪。至陶元庆君所作书衣，则已贻我于年余之前者矣。广赖众力，才成此编，谨藉空言，普铭高谊云尔。

一九二七年九月十日，鲁迅校毕题记。时大夜弥天，璧月澄照，饕蚊遥叹，余在广州。

《嵇康集》序

魏中散大夫《嵇康集》，在梁有十五卷，《录》一卷。至隋佚二卷。唐世复出，而失其《录》。宋以来，乃仅存十卷。郑樵《通志》所载卷数，与唐不异者，盖转录旧记，非由目见。王楙已尝辨之矣。至于椠刻，宋元者未尝闻，明则有嘉靖乙酉黄省曾本，汪士贤《二十一名家集》本，皆十卷。在张溥《汉魏六朝百三名家集》中者，合为一卷，张燮所刻者又改为六卷，盖皆从黄本出，而略正其误，并增逸文。张燮本更变乱次第，弥失其旧。惟程荣刻十卷本，较多异文，所据似别一本，然大略仍与他本不甚远。清诸家藏书簿所记，又有明吴宽丛书堂钞本，谓源出宋椠，又经匏庵手校，故虽迻录，校文者亦为珍秘。予幸其书今在京师图书馆，乃亟写得之，更取黄本雠对，知二本根源实同，而互有讹夺。

惟此所阙失，得由彼书补正，兼具二长，乃成较胜。旧校亦不知是否真出匏庵手？要之盖不止一人。先为墨校，增删最多，且常灭尽原文，至不可辨；所据又仅刻本，并取彼之讹夺，以改旧钞。后又有朱校二次，亦据刻本，凡先所幸免之字，辄复涂改，使悉从同。盖经朱墨三校，而旧钞之长，且泯绝矣。今此校定，则排摈旧校，力存原文。其为浓墨所灭，不得已而从改本者，则曰：字从旧校，以著可疑。义得两通，而旧校辄改从刻本者，则曰：各本作某，以存其异。既以黄省曾，汪士贤，程荣，张溥，张燮五家刻本比勘讫，复取《三国志》注，《晋书》《世说新语》注，《野客丛书》，胡克家翻宋尤袤本《文选》李善注，及所著《考异》，宋本《文选》六臣注，相传唐钞《文选集注》残本，《乐府诗集》《古诗纪》，及陈禹谟刻本《北堂书钞》，胡缵宗本《艺文类聚》，锡山安国刻本《初学记》，鲍崇城刻本《太平御览》等所引，著其同异。姚莹所编《乾坤正气集》中，亦有中散文九卷，无所正定，亦不复道。而严可均《全三国文》，孙星衍《续古文苑》所收，则间有勘正之字，因并录存，以备省览。若其集作如此，而刻本已改者，如“僁”为“愆”，“寤”为“悟”；或刻本较此为长，如“遊”为“游”，“泰”为“太”，“慾”为“欲”，“樽”为“尊”，“殉”为“徇”，“饬”为“饰”，“闲”为“閒”，“蹔”为“暂”，“脩”为“修”，“壹”为“一”，

“途”为“塗”，“返”为“反”，“捨”为“舍”，“弦”为“絃”；或此较刻本为长，如“饑”为“飢”，“陵”为“淩”，“熟”为“孰”，“玩”为“翫”，“災”为“灾”；或虽异文而俱得通，如“廼”与“乃”，“丞”与“吝”，“强”与“彊”，“于”与“於”，“无”“毋”与“無”，其数甚众，皆不复著，以省烦累。又审旧钞原亦不足十卷，其第一卷有阙叶，第二卷佚前，有人以《琴赋》足之。第三卷佚后，有人以《养生论》足之。第九卷当为《难宅无吉凶摄生论》下，而全佚，则分第六卷中之《自然好学论》等二篇为第七卷，改第七，第八两卷为八，九两卷，以为完书。黄，汪，程三家刻本皆如此，今亦不改。盖较王楙所见之缮写十卷本，卷数无异，而实佚其一卷及两半卷矣。原又有目录在前，然是校后续加，与黄本者相似。今据本文，别造一卷代之，并作《逸文考》《著录考》各一卷附于末。恨学识荒陋，疏失盖多，亦第欲存留旧文，得稍流布焉尔。

一九二四年六月十一日会稽　序。

《嵇康集》考

自汉至隋时人别集，《隋书》《经籍志》著录四百三十五部四千三百七十七卷；合以梁所曾有，得八百八十四部八千一百二十一卷。然在今，则虽宋人重辑之本，已不多觏。若其编次有法，赠答具存，可略见原来矩度者，惟魏嵇，阮，晋二陆，陶潜，宋鲍照，齐谢朓，梁江淹而已。尝写得明吴匏庵丛书堂本《嵇康集》，颇胜众本，深惧湮昧，因稍加校雠，并考其历来卷数名称之异同及逸文然否，以备省览云。

一　考卷数及名称

《隋书》《经籍志》：《魏中散大夫嵇康集》十三卷。（原

注：　梁十五卷，录一卷。）

《唐书》《经籍志》：《嵇康集》十五卷。

《新唐书》《艺文志》：《嵇康集》十五卷。

案：康集最初盖十五卷，录一卷。隋缺二卷，及录。至唐复完，而失其录。其名皆曰“《嵇康集》”。

郑樵《通志》《艺文略》：《魏中散大夫嵇康集》十五卷。

《崇文总目》：《嵇康集》十卷。

晁公武《郡斋读书志》：《嵇康集》十卷。右魏嵇康叔夜也，谯国人。康美词气，有丰仪，不事藻饰。学不师受，博览该通；好老庄，属文玄远。以魏宗室婚，拜中散大夫。景元初，钟会谮于晋文帝，遇害。

尤袤《遂初堂书目》：《嵇康集》。

陈振孙《直斋书录解题》：《嵇中散集》十卷。魏中散大夫谯嵇康叔夜撰。本姓奚，自会稽徙谯之铚县稽山，家其侧，遂氏焉；取稽字之上，志其本也。所著文论六七万言，今存于世者仅如此；《唐志》犹有十五卷。

《宋史》《艺文志》：《嵇康集》十卷。

马端临《文献通考》《经籍考》：《嵇康集》十卷。……

案：至宋，仅存十卷，其名仍曰“《嵇康集》”。《通志》作十五卷者，录《唐志》旧文；《书录解题》称“《嵇中散集》”者，陈氏书久佚，清人从《永乐大典》辑出，因用后来所称之名，原书盖不如此。

宋时《嵇康集》大概，见王楙《野客丛书》（卷八），其文云：“《嵇康传》曰，康喜谈名理，能属文，撰《高士传赞》，作《太师箴》《声无哀乐论》。余得毘陵贺方回家所藏缮写《嵇康集》十卷，有诗六十八首，今《文选》所载才三数首；《选》惟载康《与山巨源绝交书》一首，不知又有《与吕长悌绝交》一书；《选》惟载《养生论》一篇，不知又有《与向子期论养生难答》一篇，四千余言，辨论甚悉。集又有《宅无吉凶摄生论难》上中下三篇；《难张辽□自然好学论》一首；《管蔡论》《释私论》《明胆论》等文。其致玄远，悉根于理；读之可想见当时之风致。《崇文总目》谓《嵇康集》十卷，正此本尔。《唐艺文志》谓《嵇康集》十五卷，不知五卷谓何？”

杨士奇《文渊阁书目》：《嵇康文集》。（原注：一部，一册。阙。）

叶盛《菉竹堂书目》：《嵇康文集》一册。

焦竑《国史》《经籍志》：《嵇康集》十五卷。

高儒《百川书志》：《嵇中散集》十卷。魏中散大夫谯人嵇康叔夜撰。诗四十七；赋十（按此字衍）三；文十五，附四。

祁承㸁《澹生堂书目》：《嵇中散集》三册。（原注：十卷，嵇康。）《嵇中散集略》一册。（原注：一卷。）

案：明有二本。一曰“《嵇康文集》”，卷数未详。一曰“《嵇中散集》”，仍十卷。十五卷本宋时已不全，焦竑所录，盖仍袭《唐志》旧文，不足信。

钱谦益《绛云楼书目》：《嵇中散集》二册。（陈景云注：十卷。黄刻佳。）

钱曾《述古堂藏书目》：《嵇中散集》十卷。

《四库全书总目》：《嵇中散集》十卷。……

案：至清，皆称“《嵇中散集》”，仍十卷。其称“《嵇康文集》”者，无闻。

孙星衍《平津馆鉴藏记》：《嵇中散集》十卷。每卷目录在前。前有嘉靖乙酉黄省曾序，称“校次瑶编，汇为十卷”，疑此本为黄氏所定。然……与王楙所见本同。此本即从宋本翻雕；黄氏序文，特夸言之耳。……

洪颐煊《读书丛录》：《嵇中散集》十卷。每卷目录在前。前有嘉靖乙酉黄省曾序。《三国志》《邴原传》裴松之注，“张貔父邈，字叔辽，《自然好学论》在《嵇康集》”。今本亦有此篇。又诗六十六首，与王楙《野客丛书》本同。是从宋本翻雕。……

朱学勤《结一庐书目》：《嵇中散集》十卷。（原注：计一本。魏嵇康撰。明嘉靖四年，黄氏仿宋刊本。）

案：明刻《嵇中散集》有黄省曾本，汪士贤本，程荣本；又有张燮《七十二家集》本，张溥《一百三家集》本。黄刻最先，清藏书家皆以为出于宋本，最善。

陆心源《皕宋楼藏书志》：《嵇康集》十卷。（原注：旧抄本。）晋嵇康撰。……今世所通行者，惟明刻二本，一为黄省曾校刊本，一为张溥《百三家集》本。……然脱误并甚，几不可读。……此本从明吴匏庵丛书堂抄宋本过录。……余以明刊本校之，知明本脱落甚多。……书贵旧抄，良有以也。

江标《丰顺丁氏持静斋书目》：《嵇中散集》十卷。明汪士贤刊本。康熙间，前辈以吴匏庵手抄本详校。

缪荃孙《清学部图书馆善本书目》：《嵇康集》十卷。魏嵇康撰。明吴匏庵丛书堂抄本。格心有“丛书堂”三字。……

案：黄省曾本而外，佳本今仅存丛书堂写本。不特佳字甚多，可补刻本脱误；曰“《嵇康集》”，亦合唐宋旧称，盖最不失原来体式者。其本今藏京师图书馆，抄手甚拙，江标云“匏庵手抄”，不确。

二　考目录及阙失

抄本与刻本文字之异，别为校记。今但取抄本篇目，以黄省曾本比较之，著其违异；并以概众家刻本，因众本大抵从黄刻本出也。有原本残缺之迹，为刻本所弥缝，今得推见者，并著之。

第一卷。五言古意一首。四言十八首赠兄秀才入军。

案：刻本以《五言古意》为赠秀才诗，是也。《艺文类聚》卷九十引首六句，亦作“嵇叔夜赠秀才诗”。

秀才答四首。幽愤诗一首。述志诗二首。游仙诗一首。六言诗十首。重作六言诗十首代秋胡歌诗七首。

案：刻本作《重作四言诗》七首；注云，一作《秋胡行》。此所改甚谬。盖六言诗亡三首，《代秋胡行》则仅存篇题，不得云“一作”。

思亲诗一首。诗三首，郭遐周赠。诗五首，郭遐叔赠。五言诗三首，答二郭。五言诗一首，与阮德如。□□□。

案：一篇失题。刻本作《酒会诗》七首之一。

四言诗。

案：十一首。刻本以前六首为《酒会诗》；无后五首。

五言诗。

案：三首。刻本无。

又案：抄本多《四言诗》五首，《五言诗》三首。《重作六言诗》两本皆缺三首；《代秋胡歌诗》七首并亡。《秀才答诗》“南厉伊渚，北登邛丘，青林华茂”后有缺文，下之“青鸟群嬉，感寤长怀，能不永思”云云，乃别一篇，刻本辄衔接之，遂莫辨。

第二卷。琴赋。与山巨源绝交书。与吕长悌绝交书。

案：此卷似原缺上半，因从《文选》录《琴赋》以足之。刻本并据《选》以改《与山巨源绝交书》；抄本未改，故字句与今本《文选》多异，与罗氏景印之残本《文选集注》多合。

第三卷。卜疑。嵇荀录（亡）。养生论。

案：此卷似原缺后半，《嵇荀录》仅存篇题；后人因从《文选》抄《养生论》以足之。

第四卷。黄门郎向子期难养生论。

案：康答文在内；刻本析为两篇，别题曰《答难养生论》。然宋本盖不分，故王楙云“又有《与向子期论养生难答》一篇，四千余言”。唐本亦不分，故《文选》《江文通杂体诗》李善注引“养生有五难”等十一句，是嵇康语，而云《向秀难嵇康养生论》也。

又案：《隋书》《经籍志》道家：梁有《养生论》三卷，嵇康撰。是《养生论》不止两篇，今仅存此数尔。

第五卷。声无哀乐论。

第六卷。释私论。管蔡论。明胆论。

第七卷。自然好学论，张叔辽作。难自然好学论。

案：刻本作张辽叔《自然好学论》。

又案：第六第七似本一卷，后人所分，故篇叶特少。

第八卷。宅无吉凶摄生论。（原注：难上。）难摄生中。

案：刻本第一篇无注；第二篇作《难宅无吉凶摄生论》。

第九卷。释难宅无吉凶摄生论。（原注：难中。）答释难曰。

案：刻本第一篇无注；第二篇作《答释难宅无吉凶摄生论》。

又案：王楙云，“集又有《宅无吉凶摄生论难》上中下三篇”，似今本缺其一；然或指难上，难摄生中，难下及答释难为上中下，未可知也。《隋书》《经籍志》道家有《摄生论》二卷，晋河内太守阮侃撰，疑即此与康论难之文。

第十卷。太师箴。家诫。

案：以卷止两篇，不足二千言，疑有散佚。

又案：今本《嵇康集》虽亦十卷，与宋时者合，然第二卷缺前，第三卷缺后，第十卷亦不完，第六第七本一卷，实只残缺者三卷，具足者六卷而已。

三　考逸文然否

嵇康《游仙诗》云：翩翩凤辖，逢此网罗。（《太平广记》

四百引《续齐谐记》引。）

嵇康有《白首赋》。（《文选》《谢惠连秋怀诗》李善注。）

嵇康《怀香赋序》曰：余以太簇之月，登于历山之阳，仰眺崇冈，俯察幽坂。乃覩怀香，生蒙楚之间。曾见斯草，植于广厦之庭，或被帝王之囿；怪其遐弃，遂迁而树之中唐。华丽则殊采阿那，芳实则可以藏书。又感其弃本高崖，委身阶廷，似傅说显殷，四叟归汉，故因事义赋之。（《艺文类聚》八十一。）

案：《太平御览》九百八十三引嵇含《槐香赋》，文与此同；《类聚》以为康作，非也。张溥本存其目，严可均辑《全三国文》，据《类聚》录之，并误。

嵇康《酒赋》云：重酎至清，渊凝冰洁，滋液兼备，芬芳□□。（《北堂书抄》一百四十八。）

案：同卷又引嵇含《酒赋》云，浮螘萍连，醪华鳞设。则上四句殆亦嵇含之文。

嵇康《蚕赋》曰：食桑而吐丝，先乱而后治。（《太平御览》八百十四。）

嵇康《琴赞》云：懿吾雅器，载璞灵山；体具德真，清和自然。澡以春雪，澹若洞泉；温乎其仁，玉润外鲜。昔在黄农，神物以臻；穆穆重华，记以五弦。闲邪纳正，亹亹其仙。宣和养气，介乃遐年。（《北堂书抄》一百九。）

案：亦见《初学记》十六。“记以”作“託心”；“养气”作“养素”。

嵇康《太师箴》曰：若会酒坐，见人争语，其形势似欲转盛，便当舍去，此斗之兆也。（《太平御览》四百九十六。）

案：此《家诫》中语，见本集卷十，《御览》误题篇名。严可均辑《全三国文》注云，“此疑是序，未敢定之。”甚谬。

嵇康《灯铭》：肃肃宵征，造我友庐，光灯吐耀，华缦长舒。

案：见严可均《全三国文》，不著所出。实《杂诗》也，见本集卷一，亦见《文选》。

《嵇康集目录》曰：孙登者，字公和，不知何许人。无家属，于汲县北山土窟中得之。夏则编草为裳，冬则披发自覆。好读《易》；鼓一弦琴。见者皆亲乐之；每所止家，辄给其衣服饮食，得无辞让。（《三国魏志》《王粲传》注。）

案：《世说新语》《栖逸篇》注，《太平御览》二十七，又九百九十九亦引，作《嵇康集序》。

《嵇康文集录》注曰：河内山嵚守颍川，山公族父。（《文选》《嵇叔夜与山巨源绝交书》李善注。）

《嵇康文集录》注曰：阿都，吕仲悌，东平人也。（同上。）

案：康文长于言理，藻艳盖非所措意；唐宋类书，因亦尠予征引。今并目录仅得十一条；去其误者，才存七条。《水经》《汝水篇》注引嵇康赞襄城小童；《世说》《品藻篇》注引《井丹赞》《司马相如赞》；《初学记》十七引《原宪赞》；《太平御览》五十六引《许由赞》，皆出康所著《圣贤高士传赞》，本别自为书，不当在集中，张燮本有之，非也，今不录。

一九二六，一一，一四。

《嵇康集》著录考

《隋书》《经籍志》：魏中散大夫《嵇康集》十三卷。（梁十五卷，录一卷。）

《唐书》《经籍志》：《嵇康集》十五卷。

《新唐书》《艺文志》：《嵇康集》十五卷。

《宋史》《艺文志》：《嵇康集》十卷。

《崇文总目》：《嵇康集》十卷。

郑樵《通志》《艺文略》：魏中散大夫《嵇康集》十五卷。

晁公武《郡斋读书志》：《嵇康集》十卷。右魏嵇康叔夜也，谯国人。康美词气，有丰仪，不事藻饰。学不师受，博览该通；长好老庄，属文玄远。以魏宗室婚，拜中散大夫。景元初，钟会谮于晋文帝，遇害。

尤袤《遂初堂书目》：《嵇康集》。

陈振孙《直斋书录解题》：《嵇中散集》十卷。魏中散大夫谯嵇康叔夜撰。本姓奚，自会稽徙谯之铚县稽山，家其侧，遂氏焉；取稽字之上，志其本也。所著文论六七万言，今存于世者仅如此；《唐志》犹有十五卷。

马端临《文献通考》《经籍考》：《嵇康集》十卷。（案下全引晁氏《读书志》，陈氏《解题》，并已见。）

杨士奇《文渊阁书目》：《嵇康文集》。（一部，一册。阙。）

叶盛《菉竹堂书目》：《嵇康文集》一册。

焦竑《国史》《经籍志》：《嵇康集》十五卷。

钱谦益《绛云楼书目》：《嵇中散集》二册。（陈景云注云：十卷。黄刻佳。）

钱曾《述古堂藏书目》：《嵇中散集》十卷。

《四库全书总目》：《嵇中散集》十卷（两江总督采进本。）旧本题晋嵇康撰。案康为司马昭所害，时当涂之祚未终，则康当为魏人，不当为晋人，《晋书》立传，实房乔等之舛误。本集因而题之，非也。《隋书》《经籍志》载康文集十五卷。新旧《唐书》并同。郑樵《通志略》所载卷数，尚合。至陈振孙《书录解题》，则已作十卷。且称“康所著文论六七万言，今存于世者，仅如此。”则宋时已无全本矣。疑郑樵所载亦因仍旧史之文，未必真见十五卷之本也。王楙《野客丛书》（见卷八）云：“《嵇康传》曰，康善谈名理，能属文，撰《高士传赞》，作《太师箴》《声无哀乐论》。余（明刻本《野客丛书》作‘仆’）得毘陵贺方回家所藏缮写《嵇康集》十卷，有诗六十八首，今《文选》所载（有‘康诗’二字）才三数首；《选》惟载康《与山巨源绝交书》一首，不知又有《与吕长悌绝交》一书；《选》惟载《养生论》一篇，不知又有《与向子期论养生难答》一篇，四千余言，辩论甚悉。集又有《宅无吉凶摄生论难》上中下三篇；《难张辽（‘辽’下尚有一字，已泐）自然好学论》一首；《管蔡论》《释私论》《明胆论》等文。（其词旨玄远，率根于理；读之可想见当时之风致。——‘文’下有此十九字。）《崇文总目》谓《嵇康集》十卷，正此本尔。《唐艺文志》谓《嵇康集》十五卷，不知五卷谓何？”观楙所言，则樵之妄载，确矣。此本凡诗四十七篇，赋一篇，杂著二篇，论九篇，箴一篇，家诫一篇，而杂著中《嵇荀录》一篇，有录无书，实共诗文六十二篇。又非宋本之旧，盖明乙酉吴县黄省曾所重辑也。杨慎《丹铅总录》，尝辨阮籍卒于康后，而世传籍碑为康作，此本不载此碑，则其考核犹为精审矣。

《四库简明目录》：《嵇中散集》十卷，魏嵇康撰，《晋书》为康立传，旧本因题曰晋者，缪也。其集散佚，至宋仅存十卷。此本为明黄省曾所编，虽卷数与宋本同，然王楙《野客丛书》称康诗六十八首，此本仅诗四十二首，合杂文仅六十二首，则又多所散佚矣。

朱学勤《结一庐书目》：《嵇中散集》十卷。（计一本。魏嵇康撰。明嘉靖四年，黄氏仿宋刊本。）

洪颐煊《读书丛录》：《嵇中散集》十卷。每卷目录在前。前有嘉靖乙酉黄省曾序。《三国志》《邴原传》裴松之注，"张貔父邈，字叔辽，《自然好学论》在《嵇康集》。"今本亦有此篇。又诗六十六首，与王楙《野客丛书》本同。是从宋本翻雕，每叶廿二行，行廿字。

钱泰吉《曝书杂记》：平湖家梦庐翁天树，笃嗜古籍，尝于张氏爱日精庐藏书眉间，记其所见，犹随斋批注《书录解题》也。余曾手钞。翁下世已有年，平生所见当不止此，录之以见梗概。《嵇中散集》余昔有明初钞本，即《解题》所载本，多诗文数首，此或即明黄省曾所集之本欤？

莫友芝《郘亭知见传本书目》：《嵇中散集》十卷，魏嵇康撰。明嘉靖乙酉黄省曾仿宋本，每叶二十二行，行二十字，板心有南星精舍四字。程荣校刻本。汪士贤本。《百三名家集》本一卷。《乾坤正气集》本。静持室有顾沅以吴匏庵钞本校于汪本上。

江标《丰顺丁氏持静斋书目》：《嵇中散集》十卷。明汪士贤刊本。康熙间，前辈以吴匏庵手抄本详校，后经藏汪伯子，张燕昌，鲍渌饮，黄荛圃，顾湘舟诸家。

缪荃孙《清学部图书馆善本书目》：《嵇康集》十卷。魏嵇康撰。明吴匏庵丛书堂钞本。格心有丛书堂三字，有“陈贞莲书画记”朱方格界格方印。

陆心源《皕宋楼藏书志》：《嵇康集》十卷。（旧钞本）晋嵇康撰。（案此下原本全录顾氏记及荛翁三跋，并已见。）余向年知王雨楼表兄家藏《嵇中散集》，乃丛书堂校宋抄本，为藏书家所珍秘。从士礼居转归雨楼。今乙未冬，向雨楼索观，并出副录本见示。互校，稍有讹脱，悉为更正。朱改原字上者，抄人所误。标于上方者，已意所随正也。还书之日，附志于此。道光十五年十一月初九日，妙道人书。案：魏中散大夫《嵇康集》《隋志》十三卷，注云：梁有十五卷，录一卷。新旧《唐志》并作十五卷，疑非其实。《宋志》及晁陈两家并十卷，则所佚又多矣。今世所通行者，惟明刻二本，一为黄省曾校刊本，一为张溥《百三家集》本。张本增多《怀香赋》一首，及原宪等赞六首，而不附赠答论难诸原作。其余大略相同。然脱误并甚，几不可读。昔年曾互勘一过，而稍以《文选》《类聚》读书参校之，终未尽善。此本从明吴匏庵丛书堂抄宋本过录。其传钞之误，吴君志忠已据钞宋原本校正。今朱笔改者，是也。余以明刊本校之，知明本脱落甚多。《答难养生论》“不殊于榆柳也”下，脱“然松柏之生，各以良殖遂性，若养松于灰壤”三句。《声无哀乐论》“人情以躁静”下，脱“专散为应，譬犹游观于都肆，则目滥而情放。留察于曲度，则思静”二十五字。《明胆论》“夫惟至”下，脱“明能无所惑至胆”七字。《答释难宅无吉凶摄生论》“为卜无所益也”下，脱“若得无恙，为相败于卜，何云成相邪”二句。“未若所不知”下，脱“者众，此较通世之常滞。然智所不知”十四字。及“不可以妄求也”脱“以”字，误“求”为“论”，遂至不成文义。其余单辞只句，足以校补误字缺文者，不可条举。书贵旧抄，良有以也。

祁承㸁《澹生堂书目》：《嵇中散集》三册。（十卷，嵇康。）《嵇中散集略》一册。（一卷。）

孙星衍《平津馆鉴藏记》：《嵇中散集》十卷。每卷目录在前。前有嘉靖乙酉黄省曾序，称“校次瑶编，汇为十卷”，疑此本为黄氏所定。然考王楙《野客丛书》，已称得毘陵贺方回家所藏缮写十卷本，又诗六十六首。与王楙所见本同。此本即从宋本翻雕；黄氏序文，特夸言之耳。每叶廿二行，行廿字，板心下方有南星精舍四字。收藏有世业堂印白文方印，绣翰斋朱文长方印。

赵琦美《脉望馆书目》：《嵇中散集》二本。（赵书后归绛云楼。）

高儒《百川书志》：《嵇中散集》十卷。魏中散大夫，谯人嵇康叔夜撰。诗四十七，赋十三，文十五，附四。

《嵇康集》逸文考

嵇康《游仙诗》云：翩翩凤辖，逢此网罗。（《太平广记》四百引《续齐谐记》。）

嵇康有《白首赋》。（《文选》二十三《谢惠连秋怀诗》李善注。）

嵇康《怀香赋序》曰：余以太簇之月，登于历山之阳，仰眺崇冈，俯察幽坂。乃睹怀香，生蒙楚之间。曾见斯草，植于广厦之庭，或被帝王之囿；怪其遐弃，遂迁而树于中唐。华丽则殊采阿那，芳实则可以藏书。又感其弃本高崖，委身阶庭，似傅说显殷，四叟归汉，故因事义赋之。（《艺文类聚》八十一。案《太平御览》九百八十三引嵇含《槐香赋》，文与此同；《类聚》以为康作，非也。严可均辑《全三国文》据《类聚》录之；张溥本亦存其目，并误。）

嵇康《酒赋》云：重酎至清，渊凝冰洁，滋液兼备，芬芳□□。（《北堂书钞》一百四十八。案同卷又引嵇含《酒赋》云："浮螘萍连，醪华鳞设。"疑此四句亦嵇含之文。）

嵇康《蚕赋》曰：食桑而吐丝，前乱而后治。（《太平御览》八百十四。）

嵇康《琴赞》云：懿吾雅器，载璞灵山；体具德真，清和自然。澡以春雪，澹若洞泉；温乎其仁，玉润外鲜。昔在黄农，神物以臻；穆穆重华，托心五弦。（"托心"《书钞》作"记以"，据《初学记》十六引改。）闲邪纳正，亹亹其仙。宣和养气，（《初学记》十六两引，一作"素"。）介乃遐年。（《北堂书钞》一百九。）

嵇康《太师箴》曰：若会酒坐，见人争语，其形势似欲转盛，便当舍去，此斗之兆也。（《太平御览》四百九十六。严可均曰："此疑是序，未敢定之。"今案：此《家诫》也，见本集第十卷；《御览》误题尔。）

嵇康《灯铭》：肃肃宵征，造我友庐，光灯吐耀，华缦长舒。（见《全三国文》，不著所出。今案：《杂诗》也，见本集第一卷，亦见《文选》。）

《嵇康集目录》（《世说》注，《御览》引作《嵇康集序》）曰：孙登者，字公和，不知何许人。无家属，于汲县北山土窟中得之。夏则编草为裳，冬则被发自覆。好读《易》；鼓一弦琴。见者皆亲乐之；每所止家，辄给其衣服饮食，得无辞让。（《魏志》《王粲传》注，《世说新语》《棲逸篇》注，《御览》二十七，又九百九十九。）

《嵇康文集录》注曰：河内山嵚守颍川，山公族父。（《文选》《嵇叔夜与山巨源绝交书》李善注。）

《嵇康文集录》注曰：阿都，吕仲悌，东平人也。（同上）

《会稽郡故书襍集》序

《会稽郡故书襍集》者，叏史传地记之逸文，编而成集，以存旧书大略也。会稽古称沃衍，珍宝所聚，海岳精液，善生俊异，而远于京夏，厥美弗彰。吴谢承始传先贤，朱育又作《土地记》。载笔之士，相继有述。于是人物山川，咸有记录。其见于《隋书》《经籍志》者，杂传篇有四部三十八卷，地理篇二部二卷。五代云扰，典籍湮灭。旧闻故事，殆尟孑遗。后之作者，遂不能更理其绪。□□幼时，尝见武威张澍所辑书，于凉土文献，撰集甚众。笃恭乡里，尚此之谓。而会稽故籍，零落至今，未闻后贤为之纲纪。乃刺就所见书传，刺取遗篇，絫为一袠。中经游涉，又闻明哲之论，以为夸饰乡土，非大雅所尚。谢承虞预且以是为讥于世。俯仰之间，遂辍其业。十年已后，归于会稽。禹勾践之遗迹故在。士女敖嬉，睥睨而过，殆将无所眷念，曾何夸饰之云，而土风不加美。是故敍述名德，著其贤能，记注陵泉，传其典实，使后人穆然有思古之情，古作者之用心至矣！其所造述虽多散亡，而逸文尚可考见一二。存而录之，或差胜于泯绝云尔。因复撰次写定，计有八种。诸书众说，时足参证本文，亦各最录，以资省览。书中贤俊之名，言行之迹，风土之美，多有方志所遗，舍此更不可见。用遗邦人，庶几供其景行，不忘于故。第以寡闻，不能博引。如有未备，览者详焉。太岁在阏逢摄提格九月既望，会稽□□□记。

谢承《会稽先贤传》序

《隋书》《经籍志》：《会稽先贤传》七卷，谢承撰。《新唐书》《艺文志》同。《旧唐书》《经籍志》作五卷。侯康《补三国艺文志》云："《御览》屡引之。所记诸人事，多史传之佚文。严遵二条，足补《后汉书》本传之阙。陈业二条，足以证《吴志》《虞翻传》注。吉光片羽，皆可宝也。"今撰集为一卷。承字伟平，山阴人。吴主孙权时，拜五官郎中，稍迁长沙东部都尉，武陵太守。撰《后汉书》百余卷。见《吴志》《谢夫人传》。

虞预《会稽典录》序

《隋书》《经籍志》：《会稽典录》二十四卷，虞预撰。《旧唐书》《经籍志》《新唐书》《艺文志》同。预字叔宁，余姚人。本名茂，犯明帝穆皇后讳，改。初为县功曹，见斥。太守庾琛命为主簿。纪瞻代琛，复为主簿，转功曹史。察孝廉，不行。安东从事中郎诸葛恢，参军庾亮等荐预，召为丞相行参军兼记室。遭母忧，服竟，除佐著作郎。大兴中，转琅邪国常侍，迁秘书丞，著作郎。咸和中，从平王含，赐爵西乡侯。假归，太守王舒请为咨议参军。苏峻平，进封平康县侯，迁散骑侍郎，著作如故。除散骑常侍，仍领著作。以年老归，卒于家。撰《晋书》四十余卷，《会稽典录》二十篇。见《晋书》本传。《典录》《宋史》《艺文志》已不载，而宋人撰述，时见称引，又非出于转录。疑民间尚有其书，后遂湮昧。今搜缉逸文，尚得七十二人。略依时代次第，析为二卷。有虑非本书者，别为存疑一篇，附于末。

钟离岫《会稽后贤传记》序

《隋书》《经籍志》：《会稽后贤传记》二卷，钟离岫撰。《旧唐书》《经籍志》《新唐书》《艺文志》并云，《会稽后贤传》三卷，无记字。钟离岫未详其人。章宗源《〈隋志〉史部考证》据《通志》《氏族略》以为楚人。案《元和姓纂》云："汉有钟离昧，楚人。钟离岫撰《会稽后贤传》。"楚人者谓昧，今以属岫，甚非。汉代以来，钟离为会稽望族，特达者众，疑岫亦郡人，故为邦贤作传矣。今缉合逸文，写作一卷，凡五人，仍依《隋志》题曰《传记》。

贺氏《会稽先贤象赞》序

《隋书》《经籍志》：《会稽先贤象赞》五卷；《旧唐书》《经籍志》作四卷，贺氏撰。《新唐书》《艺文志》云，《会稽先贤象传赞》四卷。其书当有传有赞，故《旧唐志》史录，集录各著其目。又有《会稽太守象赞》二卷，亦贺氏撰。今悉不传。唯《北堂书钞》引《先贤象赞》二条，此后不复见有称引，知其零失久矣。辄复写所存《传》文为一卷。《赞》并亡。贺氏之名亦无考。

朱育《会稽土地记》序

《隋书》《经籍志》史部地理篇：《会稽土地记》一卷，朱育撰。《旧唐书》《经籍志》《新唐书》《艺文志》并作四卷，又削土地二字，入杂传记类。《世说新语》注引《土地志》二条，不题撰人，盖即育记。所言皆涉地理。意《唐志》以为传记者，失之。其书，唐宋以来，绝不见他书征引，知阙失已久。所存逸文，亦寥落不复成篇。以其为会稽地记最古之书，聊复写出，以存其目。育字嗣卿，山阴人，吴东观令。遥拜清河太守，加位侍中，见《会稽典录》。

贺循《会稽记》序

《隋书》《经籍志》：《会稽记》一卷，贺循撰。《旧唐书》《经籍志》《新唐书》《艺文志》皆不载。循字彦先，山阴人，举秀才。除阳羡，武康令。以陆机荐，召为太子舍人。元帝为晋王，以为中书令，不受。转太常，领太子太傅，改授左光禄大夫，开府仪同三司。卒赠司空，谥曰穆。见《晋书》本传。

孔灵符《会稽记》序

孔灵符《会稽记》《隋书》《经籍志》及新旧《唐志》皆不著录。《宋书》《孔季恭传》云：季恭，山阴人。子灵符，元嘉末为南谯王义宣司空长史，南郡太守，尚书吏部郎。大明初，自侍中为辅国将军，郢州刺史。入为丹阳尹，出守会稽。又为寻阳王子房右军长史。景和中，以连近臣，被杀。太宗即位，追赠金紫光禄大夫。

诸书引《会稽记》，或云孔灵符，或云孔晔。晔当是灵符之名。如射的谚一条，《御览》引作灵符，《寰宇记》引作晔，而文辞无甚异，知为一人。《艺文类聚》引或作孔皋，则晕字传写之误。今亦不复分别。第录孔氏《记》为一篇。其不题撰人者，别次于后。

夏侯曾先《会稽地志》序

夏侯曾先《会稽地志》《隋书》《经籍志》及新旧《唐志》皆不载。曾先事迹，亦无可考见。唐时撰述已引其书，而语涉梁武，当是陈隋间人。

《古小说钩沉》序

小说者，班固以为“出于稗官”，“闾里小知者之所及，亦使缀而不忘，如或一言可采，此亦刍荛狂夫之议”。是则稗官职志，将同古“采诗之官，王者所以观风俗知得失”矣。顾其条最诸子，判列十家，复以为“可观者九”，而小说不与；所录十五家，今又散失。惟《大戴礼》引有青史氏之记，《庄子》举宋钘之言，孤文断句，更不能推见其旨。去古既远，流裔弥繁，然论者尚墨守故言，此其持萌芽以度柯叶乎！

余少喜披览古说，或见讹舛，则取证类书，偶会逸文，辄亦写出。虽丛残多失次第，而涯略故在。大共琐语支言，史官末学，神鬼精物，数术波流；真人福地，神仙之中驷，幽验冥征，释氏之下乘。人间小书，致远恐泥，而洪笔晚起，此其权舆。况乃录自里巷，为国人所白心；出于造作，则思士之结想。心行曼衍，自生此品，其在文林，有如舜华，足以丽尔文明，点缀幽独，盖不第为广视听之具而止。然论者尚墨守故言。惜此旧籍，弥益零落，又虑后此闲暇者尟，爰更比辑，并校定昔人集本，合得如干种，名曰《古小说钩沉》。

归魂故书，即以自求说释，而为谈大道者言，乃曰：稗官职志，将同古“采诗之官，王者所以观风俗知得失”矣。

谢承《后汉书》序

《隋书》《经籍志》：《后汉书》一百三十卷，无帝纪，吴武陵太守谢承撰；《唐书》《艺文志》同，又录一卷，《旧唐志》三十卷。承字伟平，山阴人，博学洽闻，尝所知见，终身不忘；拜五官郎中，稍迁长沙东部都尉，武陵太守，见《吴志》《妃嫔传》并注。《后汉书》宋时已不传，故王应麟《困学纪闻》自《文选》注转引之；吴淑进注《事类赋》在淳化时，亦言谢书遗逸。清初阳曲傅山乃云其家旧藏明刻本，以校《曹全碑》，无不合，然他人无得见者；惟钱塘姚之骃辑本四卷，在《后汉书补逸》中，虽不著出处，难称审密，而确为谢书。其后仁和孙志祖。黟汪文台又各有订补本，遗文稍备，顾颇杂入范晔书，不复分别。今一一校正，厘为六卷，先四卷略依范书纪传次第，后二卷则凡名氏偶见范书或所不载者，并写入之。案《隋志》录《后汉书》八家，谢书最先，草创之功，足以称纪；而今日逸文乃仅藉范晔书，《三国志》注及唐宋类书以存。注家务取不同之说，以备异闻，而类书所引，又多损益字句，或转写讹异，至不可通，故后贤病其荒率，时有驳难；亦就闻见所及，最其要约，次之本文之后，以便省览云。

［附］关于汪辑本《谢承后汉书》

谢承《后汉书》八卷，谢沈《后汉书》一卷，黟人汪文台南士辑，并在《七家〈后汉书〉》中，有太平崔国榜序，其略云：“康熙中，钱唐姚鲁斯辑《东观汉记》以下诸家书为补逸，颇沿明儒陋习，不详所自，遗陋滋多。孙颐谷侍御曾据其本为谢承书补正，未有成书。近甘泉黄右原比部亦有辑本，视姚氏差详，终不赅备。黟汪先生南士，绩学敦行，著书等身，以稽古余力，重为蒐补；先生之友汤君伯玕，称先生旧藏姚本，随见条记，丹黄殆徧，复虑未尽，以属弟子汪学惇，学惇续有增益。学惇殁后，藏书尽售于人，汤君复见此本，已多脱落。亟手录一过，以还先生之子锡藩。锡藩奉楹书，客江右，同岁生会稽赵撝尗从锡藩叚钞，余因得见是书。撝尗言先生所据《北堂书钞》，乃朱氏潜采堂本，题曰《大唐类要》者也，归钱唐汪氏振绮堂。辛酉乱后，汪氏藏书尽散，浙中尚有写本，为孙氏冶城山馆物，后归陈兰邻大令家，近亦鬻诸他氏，远在闽中，无从叚阅，异日得之，当可续补数十条。”岁壬子夏八月叚教育部所藏《七家后汉书》写出，初二日始，十五日毕。

［附］汪辑本《谢承后汉书》校记

元年十二月十一日，以胡克家本《文选》校一过。十二日，以《开元占经》及《六帖》校一过。十三日，以明刻小字本《艺文类聚》校一过。十四日，以《初学记》校一过。 十五日，以《御览》校一过。十六至十九日，以范晔书校一过。二十至二十三日，以《三国志》校一过。二十四至二十七日，以《北堂书钞》校一过。二十八至三十一日，以孙校本校一过。元年一月四日至七日，以《事类赋》注校一过。

谢沈《后汉书》序

《隋志》：《后汉书》八十五卷，本一百二十二卷，晋祠部郎谢沈撰。《唐志》：一百二卷，又《汉书外传》十卷。《晋书》《谢沈传》：沈字行思，会稽山阴人。郡命为主簿，功曹，察孝廉，太尉郄鉴辟，并不就。会稽内史何充引为参军，以母老去职。平西将军庾亮命为功曹，征北将军蔡谟牒为参军，皆不就。康帝即位，以太学博士征，以母忧去职。服阕，除尚书度支郎。何充庾冰并称沈有史才，迁著作郎，撰《晋书》三十余卷。会卒，年五十二。沈先著《后汉书》百卷及《毛诗》《汉书外传》，所著述及诗赋文论皆行于世，其才学在虞预之右。案《隋志》无《外传》者，或疑本在《后汉书》百二十二卷中，《唐志》乃复析出之，然据本传当为别书，今无遗文，不复可考；惟《后汉书》尚存十余条，辄缀辑为一卷。

虞预《晋书》序

《隋志》:《晋书》二十六卷，本四十四卷，讫明帝，今残缺，晋散骑常侍虞预撰。《唐志》: 五十八卷。《晋书》《虞预传》: 著《晋书》四十余卷。与《隋志》合,《唐志》溢出十余卷,疑有误。本传又云: 预字叔宁，征士喜之弟也。本名茂，犯明穆皇后讳，改。初为县功曹,见斥。太守庾琛命为主簿。纪瞻代琛,复为主簿,转功曹史。察孝廉，不行。安东从事中郎诸葛恢，参军庾亮等荐预，召为丞相行参军兼记室。遭母忧，服竟，除佐著作郎。大兴中，转琅邪国常侍，迁秘书丞，著作郎。咸和中，从平王含，赐爵西乡侯。假归，太守王舒请为谘议参军。苏峻平，进封平康县侯，迁散骑侍郎，著作如故。除散骑常侍，仍领著作。以年老归，卒于家。

《云谷杂记》跋

右单父张淏清源撰《云谷杂记》一卷，从《说郛》写出；证以《大典》本，重见者廿五条，然小有殊异，余皆《大典》本所无。《说郛》残本五册，为明人旧抄，假自京师图书馆，与见行本绝异，疑是南村原书也。《云谷杂记》在第三十卷。以二夕写毕，唯讹夺甚多，不敢轻改，当于暇日细心校之。癸丑六月一日夜半记。

《嵇康集》跋

右《嵇康集》十卷，从明吴宽丛书堂钞本写出。原钞颇多讹敚，经二三旧校，已可籀读。校者一用墨笔，补阙及改字最多。然删易任心，每每涂去佳字。旧跋谓出吴匏庵手，殆不然矣。二以朱校，一校新，颇谨慎不苟。第所是正，反据俗本。今于原字校佳及义得两通者，仍依原钞，用存其旧。其漫灭不可辨认者，则从校人，可惋惜也。细审此本，似与黄省曾所刻同出一祖。惟黄刻帅意妄改，此本遂得稍稍胜之。然经朱墨校后，则又渐近黄刻。所幸校不甚密，故留遗佳字，尚复不少。中散遗文，世间已无更善于此者矣。癸丑十月二十日，周树人镫下记。

《云谷杂记》序

《云谷杂记》，宋张淏撰。《宋史》《艺文志》《文献通考》《直斋书录解题》皆不载；明《文渊阁书目》有之，云一册，然亦不传。清乾隆中，从《永乐大典》辑成四卷，见行于世。此本一卷，总四十九条，传自明钞《说郛》第三十卷，与陶珽所刻绝异。刻本析为三种，曰《云谷杂记》，曰《艮岳记》，曰《东斋纪事》，阙失七条，文句又多臆改，不足据。《大典》本百二十余条，此卷重出大半，然具有题目，详略亦颇不同，各有意谊，殊不类转写讹异。盖当时不止一刻，曾有所订定，故《说郛》及《大典》所据非一本也。淏字清源，其先开封人，自其祖寓婺之武义，遂为金华人。举绍兴二十七年进士，补将仕郎，主管吏部架阁文字，举备顾问。绍定元年以奉议郎致仕。又尝侨居会稽，撰《会稽续志》八卷，越中故实，往往赖以考见。今此卷虽残阙，而厓略故在，传之世间，当亦越人之责邪？原抄讹夺甚多，校补百余字，始可通读。间有异同，辄疏其要于末。其与《大典》本重出者，亦不删汰，以略见原书次第云。甲寅三月十一日会稽□□□记。

《志林》序

《晋书》《儒林》《虞喜传》：喜，为《志林》三十篇。《隋志》作三十卷，《唐志》二十卷，并题《志林新书》。今《史记索隐》《正义》《三国志》注所引有二十余事，於韦昭《史记音义》《吴书》，虞溥《江表传》多所辨正。其见于《文选》李善注，《书钞》《御览》者，皆阙略，不可次第。《说郛》亦引十三事，二事已见《御览》，余甚类小说，盖出陶珽妄作，并不录。

《广林》序

《隋志》：梁有《广林》二十四卷，《后林》十卷，虞喜撰，亡。《唐志》《后林》复出，无《广林》。杜佑《通典》引一节，书实尚存；又多引虞喜说，大抵襍论礼服或驳难郑玄，谯周，贺循，与所谓《广林》相类。又有称《释滞》《释疑》《通疑》者，殆即《广林》篇目，《通疑》以难刘智《释疑》，余不可考。今并写出，次《广林》之后。

《范子计然》序

《唐书》《艺文志》：《范子计然》十五卷，范蠡问，计然答。列农家。马总《意林》：《范子》十二卷，注云，并是阴阳历数也。《汉书》《艺文志》有《范蠡》二篇，在兵权家，非一书。《隋志》亦不载计然。然贾思勰《齐民要术》已引其说，则出于后魏以前，虽非蠡作，要为秦汉时故书，《隋志》盖偶失之。计然者，徐广《史记音义》云范蠡师也，名研。颜师古《汉书》注云：一号计研，其书有《万物录》，著五方所出，皆直述之。事见《皇览》及《中经簿》。又《吴越春秋》及《越绝》并作计倪。此则倪，研及然声皆相近，实一人耳。案本书言计然以越王鸟喙，不可同利，未尝仕越。而《越绝》记计倪官卑年少，其居在后，《吴越春秋》又在八大夫之列，出处画然不同。意计然，计倪自为两人，未可以音近合之。又郑樵《通志》《氏族略》引《范蠡传》：蠡师事计然。姓宰氏，字文子。 章宗源以辛为宰氏之误。《汉志》农家有《宰氏》十七篇，或即此，然不能详。审谛逸文，有论“天道”及“九宫”“九田”，亦时著蠡问者，与马总所载《范子》合；又有言庶物所出及价直者，与师古所谓《万物录》合。盖《唐志》著录合此二分，故有十五篇，而马总，颜籀各举一分，所述遂见殊异，实为一书。今别其论阴阳记方物者为上下卷，计倪《内经》亦先阴阳后货物，殆计然之书例本如此，而二人相棝，亦自汉已然，故《越绝》即计以计然为计倪之说矣。

《任子》序

马总《意林》：《任子》十二卷，注云，名奕。《御览》引《会稽典录》："任奕，字安和，句章人。"又《吴志》注引《典录》：朱育对王朗云，近者"文章之士，立言粲盛则御史中丞句章任奕，鄱阳太守章安虞翔，各驰文檄，晔若春荣。"罗濬《四明志》亦有奕传，云今有《任子》十卷。奕书宋时已失，《志》云今有者，盖第据《意林》言之，隋唐志又未著录，故名氏转晦。胡元瑞疑即任嘏《道论》，徐象梅复以为临海任旭。今审诸书所引，有任嘏《道德论》，有《任子》，其为两书两人甚明。惟《初学记》引任嘏论云"夫贤人者，积礼义于朝，播仁风于野，使天下欣欣然歌舞其德"，与《御览》四百三引《任子》相类，为偶合或误题已不可考。今撰写直题《任子》者为一卷以存其书。

《魏子》序

《隋志》:《魏子》三卷，后汉会稽人魏朗撰。《唐志》同。马总《意林》作十卷，当由后人析分，或“十”字误。朗，字少英，上虞人，桓帝时为尚书，被党议免归，复被急征，行至牛渚自杀。见《后汉书》《党锢传》。

《百喻经》校后记

乙卯七月二十日，以日本翻刻高丽宝永己丑年本校一过，异字悉出于上，多有谬误，不可尽据也。

《寰宇贞石图》整理后记

右总计二百卌一种，宜都杨守敬之所印也。乙卯春得于京师，大小四十余纸，又目录三纸，极草率。后见它本，又颇有出入，其目录亦时时改刻，莫可究竟。明代书估刻丛，每好变幻其目，以眩买者，此盖似之。入冬无事，即尽就所有，略加次第，帖为五册。审碑额阴侧，往往不具，又时襍翻刻本，殊不足凭信；以世有此书，亦聊复存之云尔。

《俟堂专文杂集》题记

曩尝欲著《越中专录》，颇锐意蒐集乡邦专甓及拓本，而资力薄劣，俱不易致，以十余年之勤，所得仅古专二十余及杍本少许而已。迁徙以后，忽遭寇劫，孑身逭遁，止携大同十一年者一枚出，余悉委盗窟中。日月除矣，意兴亦尽，纂述之事，渺焉何期？聊集燹余，以为永念哉！甲子八月廿三日，宴之敖者手记。

《小说旧闻钞》序言

昔尝治理小说，于其史实，有所钩稽。时蒋氏瑞藻《小说考证》已版行，取以检寻，颇获稗助；独惜其并收传奇，未曾理析，校以原本，字句又时有异同。于是凡值涉猎故记，偶得旧闻，足为参证者，辄复别行迻写。历时既久，所积渐多； 而二年已前又复废置，纸札丛杂，委之蟫尘。其所以不即焚弃者，盖缘事虽猥琐，究尝用心，取舍两穷，有如鸡肋焉尔。 今年之春，有所枨触，更发旧稿，杂陈案头。一二小友以为此虽不足以饷名家，或尚非无稗于初学，助之编定，斐然成章，遂亦印行，即为此本。自愧读书不多，疏陋殊甚，空灾楮墨，贻痛评坛。然皆摭自本书，未尝转贩；而通卷俱论小说，如《小浮梅闲话》《小说丛考》《石头记索隐》《红楼梦辨》等，则以本为专著，无烦披拣，冀省篇幅，亦不复采也。凡所录载，本拟力汰複重，以便观览，然有破格，可得而言：在《水浒传》《聊斋志异》《阅微草堂笔记》下有复重者，著俗说流传之迹也；在《西游记》下有复重者，揭此书不著录于地志之渐也；在《源流篇》中有複重者，明札记肊说稗贩之多也。无稽甚者，亦在所删，而独留《消夏闲记》《扬州梦》各一则，则以见悠谬之谈，故书中盖常有，且复至于此耳。翻检之书，别为目录附于末；然亦有未尝通观全部者，如王圻《续文献通考》，实仅阅其《经籍考》而已。

一九二六年八月一日，校讫记。鲁迅。

《小说旧闻抄》再版序言

《小说旧闻抄》者，实十余年前在北京大学讲《中国小说史》时，所集史料之一部。时方困瘁，无力买书，则假之中央图书馆，通俗图书馆，教育部图书室等，废寝辍食，锐意穷搜，时或得之，瞿然则喜，故凡所采掇，虽无异书，然以得之之难也，颇亦珍惜。迨《中国小说史略》印成，复应小友之请，取关于所谓俗文小说之旧闻，为昔之史家所不屑道者，稍加次第，付之排印，特以见闻虽隘，究非转贩，学子得此，或足省其複重寻检之劳焉而已。而海上妄子，遂腾簧舌，以此为有闲之证，亦即为有钱之证也，则鞞腰曼舞，喷沫狂谈者尚已。然书亦不甚行，迄今十年，未闻再版，顾亦偶有寻求而不能得者，因图复印，略酬同流，惟于此道久未关心，得见古书之机会又日匙，故除录《癸辛杂识》《曲律》《赌棋山庄集》三书而外，亦不能有所增益矣。此十年中，研究小说者日多，新知灼见，洞烛幽隐，如《三言》之统系，《金瓶梅》之原本，皆使历来凝滞，一旦豁然；自《续录鬼簿》出，则罗贯中之谜，为昔所聚讼者，遂亦冰解，此岂前人凭心逞臆之所能至哉！然此皆不录。所以然者，乃缘或本为专著，载在期刊，或未见原书，惮于转写，其详，则自有马廉郑振铎二君之作在也。

一九三五年一月二十四之夜，鲁迅校讫记。

鲁迅读世界经典

《月界旅行》辨言

在昔人智未辟，天然擅权，积山长波，皆足为阻。递有刳木剡木之智，乃胎交通；而桨而帆，日益衍进。惟遥望重洋，水天相接，则犹魄悸体栗，谢不敏也。既而驱铁使汽，车舰风驰，人治日张，天行自逊，五州同室，交贻文明，以成今日之世界。然造化不仁，限制是乐，山水之险，虽失其力，复有吸力空气，束缚群生，使难越雷池一步，以与诸星球人类相交际。沉沦黑狱，耳窒目朦，夔以相欺，日颂至德，斯固造物所乐，而人类所羞者矣。然人类者，有希望进步之生物也，故其一部分，略得光明，犹不知餍，发大希望，思斥吸力，胜空气，泠然神行，无有障碍。若培伦氏，实以其尚武之精神，写此希望之进化者也。凡事以理想为因，实行为果，既莳厥种，乃亦有秋。尔后殖民星球，旅行月界，虽贩夫稚子，必然夷然视之，习不为诧。据理以推，有固然也。如是，则虽地球之大同可期，而星球之战祸又起。呜呼！琼孙之“福地”，弥尔之“乐园”，遍觅尘球，竟成幻想；冥冥黄族，可以兴矣。

培伦者，名查理士，美国硕儒也。学术既覃，理想复富。默揣世界将来之进步，独抒奇想，托之说部。经以科学，纬以人情。离合悲欢，谈故涉险，均综错其中。间杂讥弹，亦复谭言微中。十九世纪时之说月界者，允以是为巨擘矣。然因比事属词，必洽学理，非徒摭山川动植，侈为诡辩者比。故当觥觥大谈之际，或不免微露遁辞，人智有涯，天则甚奥，无如何也。至小说家积习，多借女性之魔力，以增读者之美感，此书独借三雄，自成组织，绝无一女子厕足其间，而仍光怪陆离，不感寂寞，尤为超俗。

盖胪陈科学，常人厌之，阅不终篇，辄欲睡去，强人所难，势必然矣。惟假小说之能力，被优孟之衣冠，则虽析理谭玄，亦能浸淫脑筋，不生厌倦。彼纤儿俗子，《山海经》《三国志》诸书，未尝梦见，而亦能津津然识长股，奇肱之域，道周郎，葛亮之名者，实《镜花缘》及《三国演义》之赐也。故掇取学理，去庄而谐，使读者触目会心，不劳思索，则必能于不知不觉间，获一斑之智识，破遗传之迷信，改良思想，补助文明，势力之伟，有如此者！我国说部，若言情谈故刺时志怪者，架栋汗牛，而独于科学小说，乃如麟角。智识荒隘，此实一端。故苟欲弥今日译界之缺点，导中国人群以进行，必自科学小说始。

《月界旅行》原书，为日本井上勤氏译本，凡二十八章，例若杂记。今截长补短，得十四回。初拟译以俗语，稍逸读者之思索，然纯用俗语，复嫌冗繁，因参用文言，以省篇页。其措辞无味，不适于我国人者，删易少许。体杂言庞之讥，知难幸免。书名原属《自地球至月球在九十七小时二十分间》意，今亦简略之曰《月界旅行》。

癸卯新秋，译者识于日本古江户之旅舍。

《工人绥惠略夫》

译了《工人绥惠略夫》之后

阿尔志跋绥夫（M. Artsybashev）在一八七八年生于南俄的一个小都市；据系统和氏姓是鞑靼人，但在他血管里夹流着俄，法，乔具亚（Georgia），波兰的血液。他的父亲是退职军官；他的母亲是有名的波兰革命者珂修支珂（Kosciusko）的曾孙女，他三岁时便死去了，只将肺结核留给他做遗产。他因此常常生病，一九〇五年这病终于成实，没有全愈的希望了。

阿尔志跋绥夫少年时，进了一个乡下的中学一直到五年级；自己说：全不知道在那里做些甚么事。他从小喜欢绘画，便决计进了哈理珂夫(Kharkov)绘画学校，这时候是十六岁。其时他很穷，住在污秽的屋角里而且挨饿，又缺钱去买最要紧的东西：颜料和麻布。他因为生计，便给小日报画些漫画，做点短论文和滑稽小说，这是他做文章的开头。

在绘画学校一年之后，阿尔志跋绥夫便到彼得堡，最初二年，做一个地方事务官的书记。一九〇一年，做了他第一篇的小说《都玛罗夫》（Pasha Tumarov），是显示俄国中学的黑暗的；此外又做了两篇短篇小说。这时他被密罗留皤夫（Miroljubov）赏识了，请他做他的杂志的副编辑，这事于他的生涯上发生了很大的影响：使他终于成了文人。

一九〇四年阿尔志跋绥夫又发表几篇短篇小说，如《旗手戈罗波夫》《狂人》《妻》《兰兑之死》等，而最末的一篇使他有名。一九〇五年发生革命了，他也许多时候专做他的事：无治的个人主义（Anarchistische Individualismus）的说教。他做成若干小说，都是驱使那革命的心理和典型做材料的；他自己以为最好的是《朝影》和《血迹》。这时候，他便得了文字之祸，受了死刑的判决，但俄国官宪，比欧洲文明国虽然黑暗，比亚洲文明国却文明多了，不久他们知道自己的错误，阿尔志跋绥夫无罪了。

此后，他便将那发生问题的有名的《赛宁》（Sanin）出了版。这小说的成就，还在做《革命的故事》之前，但此时才印成一本书籍。这书的中心思想，自然也是无治的个人主义或可以说个人的无治主义。赛宁的言行全表明人生的目的只在于获得个人的幸福与欢娱，此外生活上的欲求，全是虚伪。他对他的朋友说：

“你说对于立宪的烦闷，比对于你自己生活的意义和趣味尤其多。我却不信。你的烦闷，并不在立宪问题，只在你自己的生活不能使你有趣罢了。我这样想。倘说不然，便是说诳。又告诉你，你的烦闷也不是因为生活的不满，只因为我的妹子理陀不爱你，这是真的。”

他的烦闷既不在于政治，便怎样呢？赛宁说：

“我只知道一件事，我不愿生活于我有苦痛。所以应该满足了自然的欲求。”

赛宁这样实做了。

这所谓自然的欲求，是专指肉体的欲，于是阿尔志跋绥夫得了性欲描写的作家这一个称号，许多批评家也同声攻击起来了。

批评家的攻击，是以为他这书诱惑青年。而阿尔志跋绥夫的解辩，则以为“这一种典型，在纯粹的形态上虽然还新鲜而且希有，但这精神却寄宿在新俄国的各个新的，勇的，强的代表者之中。”

批评家以为一本《赛宁》，教俄国青年向堕落里走，其实是武断的。诗人的感觉，本来比寻常更其锐敏，所以阿尔志跋绥夫早在社会里觉到这一种倾向，做出《赛宁》来。人都知道，十九世纪末的俄国，思潮最为勃兴，中心是个人主义；这思潮渐渐酿成社会运动，终于现出一九〇五年的革命。约一年，这运动慢慢平静下去，俄国青年的性欲运动却显著起来了；但性欲本是生物的本能，所以便在社会运动时期，自然也参互在里面，只是失意之后社会运动熄了迹，这便格外显露罢了。阿尔志跋绥夫是诗人，所以在一九〇五年之前，已经写出一个以性欲为第一义的典型人物来。

这一种倾向，虽然可以说是人性的趋势，但总不免便是颓唐。赛宁的议论，也不过一个败绩的颓唐的强者的不圆满的辩解。阿尔志跋绥夫也知道，赛宁只是现代人的一面，于是又写出一个别一面的绥惠略夫来，而更为重要。他写给德国人毕拉特（A.Billard）的信里面说：

> “这故事，是显示着我的世界观的要素和我的最重要的观念。”

阿尔志跋绥夫是主观的作家，所以赛宁和绥惠略夫的意见，便是他自己的意见。这些意见，在本书第一、四、五、九、十、十四章里说得很分明。

人是生物，生命便是第一义，改革者为了许多不幸者们，“将一生最宝贵的去做牺牲，”“为了共同事业跑到死里去，”只剩了一个绥惠略夫了。而绥惠略夫也只是偷活在追蹑里，包围过来的便是灭亡；这苦楚，不但与幸福者全不相通，便是与所谓“不幸者们”也全不相通，他们反帮了追蹑者来加迫害，欣幸他的死亡，而“在别一方面，也正如幸福者一般的糟蹋生活”。

绥惠略夫在这无路可走的境遇里，不能不寻出一条可走的道路来；他想了，对人的声明是第一章里和亚拉借夫的闲谈，自心的交争是第十章里和梦幻的黑铁匠的辩论。他根据着“经验”，不得不对于托尔斯泰的无抵抗主义发生反抗，而且对于不幸者们也和对于幸福者一样的宣战了。

于是便成就了绥惠略夫对于社会的复仇。

阿尔志跋绥夫是俄国新兴文学典型的代表作家的一人，流派是写实主义，表现之深刻，在侪辈中称为达了极致。但我们在本书里，可以看出微微的传奇派色采来。这看他寄给毕拉特的信也明白：

“真的，我的长发是很强的受了托尔斯泰的影响，我虽然没有赞同他的‘勿抗恶’的主意。他只是艺术家这一面使我佩服，而且我也不能从我的作品的外形上，避去他的影响，陀思妥夫斯奇（Dostojevski）和契诃夫（Tshekhov）也差不多是一样的事。雩俄（Victor Hugo）和瞿提（Goethe）也常在我眼前。这五个姓氏便是我的先生和我的文学的导师的姓氏。

“我们这里时时有人说，我是受了尼采（Nietzsche）的影响的。这在我很诧异，极简单的理由，便是我并没有读过尼采。……于我更相近，更了解的是思谛纳尔（Max Stirner）。”

然而绥惠略夫却确乎显出尼采式的强者的色采来。他用了力量和意志的全副，终身战争，就是用了炸弹和手枪，反抗而且沦灭（Untergehen）。

阿尔志跋绥夫是厌世主义的作家，在思想黯淡的时节，做了这一本被绝望所包围的书。亚拉借夫说是“愤激”，他不承认。但看这书中的人物，伟大如绥惠略夫和亚拉借夫——他虽然不能坚持无抵抗主义，但终于为爱做了牺牲，——不消说了；便是其余的小人物，借此衬出不可救药的社会的，也仍然时时露出人性来，这流露，便是于无意中愈显出俄国人民的伟大。我们试在本国一搜索，恐怕除了帐幔后的老男女和小贩商人以外，很不容易见到别的人物；俄国有了，而阿尔志跋绥夫还感慨，所以这或者仍然是一部“愤激”的书。

这一篇，是从S. Bugow und A. Billard同译的《革命的故事》（Revolution-geschichten）里译出的，除了几处不得已的地方，几乎是逐字译。我本来还没有翻译这书的力量，幸而得了我的朋友齐宗颐君给我许多指点和修正，这才居然脱稿了，我很感谢。

一九二一年四月十五日记。

《医生》译者附记

一九〇五至六年顷，俄国的破裂已经发现了，有权位的人想转移国民的意向，便煽动他们攻击犹太人或别的民族去，世间称为坡格隆。Pogrom 这一个字，是从 Po（渐渐）和 Gromit（摧灭）合成的，也译作犹太人虐杀。这种暴举，那时各地常常实行，非常残酷，全是“非人”的事，直到今年，在库伦还有恩琴对于犹太人的杀戮，专制俄国那时的“庙谟”，真可谓“毒逋四海”的了。

那时的煽动实在非常有力，官僚竭力的唤醒人里面的兽性来，而于其发挥，给他们许多的助力。无教育的俄人中，以歼灭犹太人为一生抱负的很多；这原因虽然颇为复杂，而其主因，便只是因为他们是异民族。

阿尔志跋绥夫的这一篇《医生》（Doktor）是一九一〇年印

行的《试作》（Etivdy）中之一，那做成的时候自然还在先，驱使的便是坡格隆的事，虽然算不得杰作，却是对于他同胞的非人类行为的一个极猛烈的抗争。

在这短篇里，不特照例的可以看见作者的细微的性欲描写和心理剖析，且又简单明了的写出了对于无抵抗主义的抵抗和爱憎的纠缠来。无抵抗，是作者所反抗的，因为人在天性上不能没有憎，而这憎，又或根于更广大的爱。因此，阿尔志跋绥夫便仍然不免是托尔斯泰之徒了，而又不免是托尔斯泰主义的反抗者，——圆稳的说，便是托尔斯泰主义的调剂者。

人说，俄国人有异常的残忍性和异常的慈悲性；这很奇异，但让研究国民性的学者来解释罢。我所想的，只在自己这中国，自从杀掉蚩尤以后，兴高采烈的自以为制服异民族的时候也不少了，不知道能否在平定什么方略等等之外，寻出一篇这样为弱民族主张正义的文章来。

一九二一年四月二十八日译者附记。

《疯姑娘》译者附记

勃劳绥惠德尔作《在他的诗和他的诗人的影象里的芬阑》(Finnland im Bilde Seiner Dichtung und Seine Dichter),分芬阑文人为用瑞典语与用芬阑语的两群,而后一类又分为国民的著作者与艺术的著作者。在艺术的著作者之中,他以明那亢德(Minna Canth)为第一人,并且评论说:

"……伊以一八四四年生于单湄福尔,为一个纺纱厂的工头约翰生(Gust. Wilh. Johnsson)的女儿,他是早就自夸他那才得五岁,便已能读能唱而且能和小风琴的'神童'的。当伊八岁时,伊的父亲在科庇阿设了一所毛丝厂,并且将女儿送在这地方的三级制瑞典语女子学校里。一八六三年伊往齐佛斯吉洛去，就是在这一年才设起男女师范学校的地方；但次年，这‘模范女学生’便和教师而且著作家亢德（Joh. Ferd. Canth）结了婚。这婚姻使伊不幸，因为违反了伊的精力弥满的意志，来求适应，则伊太有自立的天性；但伊却由他导到著作事业里，因为他编辑一种报章，伊也须‘帮助’他；但是伊的笔太锋利，致使伊的男人失去了他的主笔的位置了。

“两三年后，寻到第二个主笔的位置，伊又有了再治文事的机缘了。由伊住家地方的芬阑剧场的邀请，伊才起了著作剧本的激刺。当伊作《偷盗》才到中途时，伊的男人死去了，而剩着伊和七个无人过问的小孩。但伊仍然完成了伊的剧本，送到芬阑剧场去。待到伊因为艰难的生活战争，精神的和体质的都将近于败亡的时候，伊却从芬阑文学会得到伊的戏曲的奖赏，又有了开演的通知，这获得大成功，而且列入戏目了。但是伊也不能单恃文章作生活，却如伊的父亲曾经有过的一样，开了一个公司。伊一面又弄文学。于伊文学的发达上有显著的影响的是勃兰兑思（Georg Brandes）的书，这使伊也知道了泰因、斯宾塞、弥尔和蒲克勒（Taine,Spencer,Mill,Buckle）的理想。伊现在是单以现代的倾向诗人和社会改革家站在芬阑文学上了。伊辩护欧洲文明的理想和状态，输入伊的故乡，且又用了极端急进的见解。伊又加入于为被压制人民的正义，为苦人对于有权者和富人，为妇女和伊的权利对于现今的社会制度，为博爱的真基督教对于以伪善的文句为衣装的官样基督教。在伊创作里，显示着冷静的明白的判断，确实的奋斗精神和对于感情生活的锋利而且细致的观察。伊有强盛的构造力，尤其表见于戏曲的意象中，而在伊的小说里，也时时加入戏曲的气息；但在伊缺少真率的艺术眼，伊对一切事物都用那固执的成见的批评。伊是辩论家、讽刺家，不只是人生观察者。伊的眼光是狭窄的，这也不特因为伊起于狭窄的景况中，又未经超出这外面而然，实也因为伊的理性的冷静，知道那感情便太少了。伊缺少心情的暖和，但出色的是伊的识见，因此伊所描写，是一个小市民范围内的细小的批评……”

现在译出的这一篇，便是勃劳绥惠德尔所选的一个标本。亢德写这为社会和自己的虚荣所误的一生的径路，颇为细微，但几乎过于深刻了，而又是无可补救的绝望。培因也说，“伊的同性的委曲，真的或想象的，是伊小说的不变的主题；伊不倦于长谈那可怜的柔弱的女人在伊的自然的暴君与压迫者手里所受的苦处。夸张与无希望的悲观，是这些强有力的，但是悲惨而且不欢的小说的特色。”大抵惨痛热烈的心声，若从纯艺术的眼光看来，往往有这缺陷；例如陀思妥也夫斯奇的著作，也常使高兴的读者不能看完他的全篇。

一九二一年八月十八日记。

《战争中的威尔珂》译者附记

勃尔格利亚文艺的曙光，是开始在十九世纪的。但他早负着两大害：一是土耳其政府的凶横，一是希腊旧教的锢蔽。直到俄土战争之后，他才现出极迅速的进步来。唯其文学，因为历史的关系，终究带着专事宣传爱国主义的倾向，诗歌尤甚，所以勃尔格利亚还缺少伟大的诗人。至于散文方面，却已有许多作者，而最显著的是伊凡跋佐夫（Ivan Vazov）。

跋佐夫以一八五〇年生于梭波德，父亲是一个商人，母亲是在那时很有教育的女子。他十五岁到开罗斐尔（在东罗马尼亚）进学校，二十岁到罗马尼亚学经商去了。但这时候勃尔格利亚的独立运动已经很旺盛，所以他便将全力注到革命事业里去；他又发表了许多爱国的热烈的诗篇。

跋佐夫以一八七二年回到故乡；他的职业很奇特，忽而为学校教师，忽而为铁路员，但终于被土耳其政府逼走了。革命时，他为军事执法长；此后他又与诗人威理式珂夫（Velishkov）编辑一种月刊曰《科学》，终于往俄国，在阿兑塞完成一部小说，就是有名的《轭下》，是描写对土耳其战争的，回国后发表在教育部出版的《文学丛书》中，不久欧洲文明国便几乎都有译本了。

他又做许多短篇小说和戏曲，使巴尔干的美丽，朴野，都涌现于读者的眼前。勃尔格利亚人以他为他们最伟大的文人；一八九五年在苏飞亚举行他文学事业二十五年的祝典；今年又行盛大的祝贺，并且印行纪念邮票七种：因为他正七十周岁了。

跋佐夫不但是革命的文人，也是旧文学的轨道破坏者，也是体裁家（Stilist），勃尔格利亚文书旧用一种希腊教会的人造文，轻视口语，因此口语便很不完全了，而跋佐夫是鼓吹白话，又善于运用白话的人。托尔斯泰和俄国文学是他的模范。他爱他的故乡，终身记念着，尝在意大利，徘徊橙橘树下，听得一个英国人叫道："这是真的乐园！"他答道，"Sire，我知道一个更美的乐园！"——他没有一刻忘却巴尔干的蔷薇园，他爱他的国民，尤痛心于勃尔格利亚和塞尔比亚的兄弟的战争，这一篇《战争中的威尔珂》，也便是这事的悲愤的叫唤。

这一篇，是从札典斯加女士的德译本《勃尔格利亚女子与其他小说》里译出的；所有注解，除了第四第六第九之外，都是德译本的原注。

一九二一年八月二二日记。

《爱罗先珂童话集》

序

爱罗先珂先生的童话，现在辑成一集，显现于住在中国的读者的眼前了。这原是我的希望，所以很使我感谢而且喜欢。

本集的十二篇文章中，《自叙传》和《为跌下而造的塔》是胡愈之先生译的，《虹之国》是馥泉先生译的，其余是我译的。

就我所选译的而言，我最先得到他的第一本创作集《夜明前之歌》，所译的是前六篇，后来得到第二本创作集《最后之叹息》，所译的是《两个小小的死》，又从《现代》杂志里译了《为人类》，从原稿上译了《世界的火灾》。

依我的主见选译的是《狭的笼》《池边》《雕的心》《春夜的梦》，此外便是照着作者的希望而译的了。因此，我觉得作者所要叫彻人间的是无所不爱，然而不得所爱的悲哀，而我所展开他来的是童心的，美的，然而有真实性的梦。这梦，或者是作者的悲哀的面纱罢？那么，我也过于梦梦了，但是我愿意作者不要出离了这童心的美的梦，而且还要招呼人们进向这梦中，看定了真实的虹，我们不至于是梦游者（Somnambulist）。

一九二二年一月二十八日，鲁迅记。

《狭的笼》译者附记

一九二一年五月二十八日日本放逐了一个俄国的盲人以后，他们的报章上很有许多议论，我才留心到这漂泊的失明的诗人华希理·爱罗先珂。

然而爱罗先珂并非世界上赫赫有名的诗人；我也不甚知道他的经历。所知道的只是他大约三十余岁，先在印度，以带着无政府主义倾向的理由，被英国的官驱逐了；于是他到日本。进过他们的盲哑学校，现在又被日本的官驱逐了，理由是有宣传危险思想的嫌疑。

日英是同盟国，兄弟似的情分，既然被逐于英，自然也一定被逐于日的；但这一回却添上了辱骂与殴打。也如一切被打的人们，往往遗下物件或鲜血一样，爱罗先珂也遗下东西来，这是他的创作集，一是《天明前之歌》，二是《最后之叹息》。

现在已经出版的是第一种，一共十四篇，是他流寓中做给日本人看的童话体的著作。通观全体，他于政治经济是没有兴趣的，也并不藏着什么危险思想的气味；他只有着一个幼稚的，然而优美的纯洁的心，人间的疆界也不能限制他的梦幻，所以对于日本常常发出身受一般的非常感愤的言辞来。他这俄国式的大旷野的精神，在日本是不合式的，当然要得到打骂的回赠，但他没有料到，这就足见他只有一个幼稚的然而纯洁的心。我掩卷之后，深感谢人类中有这样的不失赤子之心的人与著作。

这《狭的笼》便是《天明前之歌》里的第一篇，大约还是漂流印度时候的感想和愤激。他自己说：这一篇是用了血和泪所写的。单就印度而言，他们并不戚戚于自己不努力于人的生活，却愤愤于被人禁了“撒提”，所以即使并无敌人，也仍然是笼中的“下流的奴隶”。

广大哉诗人的眼泪，我爱这攻击别国的“撒提”之幼稚的俄国盲人爱罗先珂，实在远过于赞美本国的“撒提”受过诺贝尔奖金的印度诗圣泰戈尔；我诅咒美而有毒的曼陀罗华。

一九二一年八月十六日，译者记。

《池边》译者附记

芬兰的文人P.Päivärinta有这样意思的话：人生是流星一样，霍的一闪，引起人们的注意来，亮过去了，消失了，人们也就忘却了！

但这还是就看见的而论，人们没有看见的流星，正多着哩。

五月初，日本为治安起见，驱逐一个俄国的盲人出了他们的国界，送向海参卫去了。

这就是诗人华希理·爱罗先珂。

他被驱逐时，大约还有使人伤心的事，报章上很发表过他的几个朋友的不平的文章，然而奇怪，他却将美的赠物留给日本了：其一是《天明前之歌》，其二是《最后之叹息》。

那是诗人的童话集，含有美的感情与纯朴的心。有人说，他的作品给孩子看太认真，给成人看太不认真，这或者也是的。

但我于他的童话，不觉得太不认真，也看不出什么危险思想来。他不像宣传家、煽动家；他只是梦幻、纯白，而有大心，也为了非他族类的不幸者而叹息。这大约便是被逐的原因。

他闪过了；我本也早已忘却了，而不幸今天又看见他的《天明前之歌》，于是由不得要绍介他的心给中国人看。可惜中国文是急促的文，话也是急促的话，最不宜于译童话；我又没有才力，至少也减了原作的从容与美的一半了。

九月十日译者附记。

《春夜的梦》译者附记

爱罗先珂的文章，我在上月的《晨报》上，已经绍介过一篇《池边》。这也收在《天明前之歌》里，和那一篇都是最富于诗趣的作品。他自己说："这是作为我的微笑而作的。虽然是悲哀的微笑，当这时代，在这国里，还不能现出快活的微笑来。"

文中的意思，非常了然，不过是说美的占有的罪过，和春梦（这与中国所谓一场春梦的春梦，截然是两件事，应该注意的。）的将醒的情形。而他的将来的理想，便在结末这一节里。

作者曾有危险思想之称，而看完这一篇，却令人觉得他实在只有非常平和而且宽大，近于调和的思想。但人类还很胡涂，他们怕如此。其实倘使如此，却还是人们的幸福，可怕的是在只得到危险思想以外的收场。

我先前将作者的姓译为爱罗先珂，后来《民国日报》的《觉悟》栏上转录了，改第一音为爱，是不错的，现在也照改了。露草在中国叫鸭跖草，因为翻了很损文章的美，所以仍用了原名。

二一，十，一四。译者附记。

《鱼的悲哀》译者附记

爱罗先珂在《天明前之歌》的自序里说，其中的《鱼的悲哀》和《雕的心》是用了艺术家的悲哀写出来的。我曾经想译过前一篇，然而终于搁了笔，只译了《雕的心》。

近时，胡愈之先生给我信，说著者自己说是《鱼的悲哀》最惬意，教我尽先译出来，于是也就勉力翻译了。然而这一篇是最须用天真烂熳的口吻的作品，而用中国话又最不易做天真烂熳的口吻的文章，我先前搁笔的原因就在此；现在虽然译完，却损失了原来的好和美已经不少了，这实在很对不起著者和读者。

我的私见，以为这一篇对于一切的同情，和荷兰人蔼覃（F. Van Eeden）的《小约翰》（Der Kleine Johannes）颇相类。至于“看见别个捉去被杀的事，在我，是比自己被杀更苦恼，”则便是我们在俄国作家的作品中常能遇到的，那边的伟大的精神。

一九二一年十一月十日，译者附识。

《两个小小的死》译者附记

爱罗先珂先生的第二创作集《最后的叹息》，本月十日在东京发行，内容是一篇童话剧和两篇童话，这是那书中的最末一篇，由作者自己的选定而译出的。

一九二一年十二月三十日，译者附记。

《小鸡的悲剧》译者附记

这一篇小品，是作者在六月底写出的，所以可以说是最近的创作。原稿是日本文。

日本话于恋爱和鲤鱼都是Koi，因此第二段中的两句对话便双关，在中国无法可译。作者虽曾说不妨改换，但我以为恋鲤两音也近似，竟不再改换了。

一九二二年七月五日附记。

《桃色的云》

序

爱罗先珂君的创作集第二册是《最后的叹息》，去年十二月初由丛文阁在日本东京出版，内容是这一篇童话剧《桃色的云》，和两篇短的童话，一曰《海的王女和渔夫》，一曰《两个小小的死》。那第三篇，已经由我译出，于今年正月间绍介到中国了。

然而著者的意思却愿意我早译《桃色的云》：因为他自己也觉得这一篇更胜于先前的作品，而且想从速赠与中国的青年。但这在我是一件烦难事。日本语原是很能优婉的，而著者又善于捉住他的美点和特长，这就使我很失了传达的能力。可是延到四月，为要救自己的爽约的苦痛计，也终于定下开译的决心了，而又正如豫料一般，至少也毁损了原作的美妙的一半，成为一件失败的工作；所可以自解者，只是“聊胜于无”罢了。惟其内容，总该还在，这或者还能够稍慰读者的心罢。

至于意义，大约是可以无须乎详说的。因为无论何人，在风雪的呼号中，花卉的议论中，虫鸟的歌舞中，谅必都能够更洪亮的听得自然母的言辞，更锋利的看见土拨鼠和春子的运命。世间本没有别的言说，能比诗人以语言文字画出自己的心和梦，更为明白晓畅的了。

在翻译之前，承S.F.君借给我详细校过豫备再版的底本，使我改正了许多旧印本中错误的地方；翻译的时候，SH.君又时时指点我，使我懂得许多难解的地方；初稿印在《晨报副镌》上的时候，孙伏园君加以细心的校正；译到终结的时候，著者又加上四句白鸽的歌，使这本子最为完全；我都很感谢。

我于动植物的名字译得很杂乱，别有一篇小记附在卷尾，是希望读者去参看的。

一九二二年七月二日重校毕，并记。

记剧中人物的译名

我因为十分不得已，对于植物的名字，只好采取了不一律的用法。那大旨是：

一、用见于书上的中国名的。如蒲公英（Taraxacum officinle），紫地丁（Viola patrinü var. chinensis），鬼灯檠（Rodgersia podophylla），胡枝子（Lespedeza sieboldi），燕子花（Iris laevigata），玉蝉花（Iris sibirica var. orientalis）等。此外尚多。

二、用未见于书上的中国名的。如月下香（Oenothera biennis var. Lamarkiana），日本称为月见草，我们的许多译籍都沿用了，但现在却照着北京的名称。

三、中国虽有名称而仍用日本名的。这因为美丑太相悬殊，一翻便损了作品的美。如女郎花（Patrinia scabiosaefolia）就是败酱，铃兰（Convallaria majalis）就是鹿蹄草，都不翻。还有朝颜（Pharbitis hederacea）是早上开花的，昼颜（Calystegia sepium）日里开，夕颜（Lagenaria vulgaris）

晚开，若改作牵牛花，旋花，匏，便索然无味了，也不翻。至于福寿草（Adonis opennina var. dahurica）之为侧金盏花或元日草，樱草（Primula cortusoides）之为莲馨花，本来也还可译，但因为太累坠及一样的偏僻，所以竟也不翻了。

四、中国无名而袭用日本名的。如钓钟草（Clematis heracleifolia var.stans），雏菊（Bellis perennis）是。但其一却译了意，即破雪草本来是雪割草（Primula Fauriae）。生造了一个，即白苇就是日本之所谓刈萱（Themeda Forskalli var. japonica）。

五、译西洋名称的意的。如勿忘草（Myosotis palustris）是。

六、译西洋名称的音的。如风信子（Hyacinthus orientalis），珂斯摩（Cosmos bipinnatus）是。达理亚（Dahlia variabilis）在中国南方也称为大理菊，现在因为怕人误认为云南省大理县出产的菊花，所以也译了音。

动物的名称较为没有什么问题，但也用了一个日本名：就是雨蛙（Hyla arborea）。雨蛙者，很小的身子，碧绿色或灰色，也会变成灰褐色，趾尖有黑泡，能用以上树，将雨时必鸣。中国书上称为雨蛤或树蛤，但太不普通了，倒不如雨蛙容易懂。

土拨鼠（Talpa europaea）我不知道是否即中国古书上所谓“饮河不过满腹”的鼹鼠，或谓就是北京尊为“仓神”的田鼠，那可是不对的。总之，这是鼠属，身子扁而且肥，有淡红色的尖嘴和淡红色的脚，脚前小后大，拨着土前进，住在近于田圃的土中，吃蚯蚓，也害草木的根，一遇到太阳光，便看不见东西，不能动弹了。作者在《天明前之歌》的序文上，自说在《桃色的云》的人物中最爱的是土拨鼠，足见这在本书中是一个重要脚色了。

七草在日本有两样，是春天的和秋天的。春的七草为芹、荠、鼠麹草、繁缕、鸡肠草、菘、萝卜，都可食。秋的七草本于《万叶集》的歌辞，是胡枝子、芒茅、葛、瞿麦、女郎花、兰草、朝颜，近来或换以桔梗，则全都是赏玩的植物了。他们旧时用春的七草来煮粥，以为喝了可避病，惟这时有几个用别名：鼠麹草称为御行，鸡肠草称为佛座，萝卜称为清白。但在本书却不过用作春天的植物的一群，和故事没有关系了。秋的七草也一样。

所谓递送夫者，专做分送报章信件电报牛乳之类的人，大抵年青，其中出产不良少年很不少，中国还没有这一类人。

一九二二年五月四日记，七月一日改定。

将译《桃色的云》以前的几句话

爱罗先珂先生的创作集第二册是《最后的叹息》，去年十二月初在日本东京由丛文阁出版，内容是一篇童话剧《桃色的云》和两篇童话，一是《海的王女和渔夫》，一是《两个小小的死》。那第三篇已经由我译出，载在本年正月的《东方杂志》上了。

然而著者的意思，却愿意我快译《桃色的云》：因为他自审这一篇最近于完满，而且想从速赠与中国的青年。但这在我是一件烦难事，我以为，由我看来，日本语实在比中国语更优婉。而著者又能捉住他的美点和特长，所以使我很觉得失了传达的能力，于是搁置不动，瞬息间早过了四个月了。

但爽约也有苦痛的，因此，我终于不能不定下翻译的决心了。自己也明知道这一动手，至少当损失原作的好处的一半，断然成为一件失败的工作，所可以自解者，只是“聊胜于无”罢了。惟其内容，总该还在，这或者还能够稍稍慰藉读者的心罢。

一九二二年四月三十日，译者记。

《桃色的云》第二幕第三节中译者附白

本书开首人物目录中，鹄的群误作鸥的群。第一幕中也还有几个错字，但大抵可以意会，现在不来列举了。

又全本中人物和句子，也间有和印本不同的地方，那是印本的错误，这回都依SF君的校改预备再版的底本改正。惟第三幕末节中“白鹄的歌”四句，是著者新近自己加进去的，连将来再版上也没有。五月三日记。

《苦闷的象征》

引言

去年日本的大地震，损失自然是很大的，而厨川博士的遭难也是其一。

厨川博士名辰夫，号白村。我不大明白他的生平，也没有见过有系统的传记。但就零星的文字里掇拾起来，知道他以大阪府立第一中学出身，毕业于东京帝国大学，得文学士学位；此后分住熊本和东京者三年，终于定居京都，为第三高等学校教授。大约因为重病之故罢，曾经割去一足，然而尚能游历美国，赴朝鲜；平居则专心学问，所著作很不少。据说他的性情是极热烈的，尝以为“若药弗瞑眩厥疾弗瘳”，所以对于本国的缺失，特多痛切的攻难。论文多收在《小泉先生及其他》《出了象牙之塔》及殁后集印的《走向十字街头》中。此外，就我所知道的而言，又有《北美印象记》《近代文学十讲》《文艺思潮论》《近代恋爱观》《英诗选释》等。

然而这些不过是他所蕴蓄的一小部分，其余的可是和他的生命一起失掉了。

这《苦闷的象征》也是殁后才印行的遗稿，虽然还非定本，而大体却已完具了。第一分《创作论》是本据，第二分《鉴赏论》其实即是论批评，和后两分都不过从《创作论》引申出来的必然的系论。至于主旨，也极分明，用作者自己的话来说，就是“生命力受了压抑而生的苦闷懊恼乃是文艺的根柢，而其表现法乃是广义的象征主义”。但是“所谓象征主义者，决非单是前世纪末法兰西诗坛的一派所曾经标榜的主义，凡有一切文艺，古往今来，是无不在这样的意义上，用着象征主义的表现法的”。（《创作论》第四章及第六章）

作者据伯格森一流的哲学，以进行不息的生命力为人类生活的根本，又从弗罗特一流的科学，寻出生命力的根柢来，即用以解释文艺，——尤其是文学。然与旧说又小有不同，伯格森以未来为不可测，作者则以诗人为先知，弗罗特归生命力的根柢于性欲，作者则云即其力的突进和跳跃。这在目下同类的群书中，殆可以说，既异于科学家似的专断和哲学家似的玄虚，而且也并无一般文学论者的繁碎。作者自己就很有独创力的，于是此书也就成为一种创作，而对于文艺，即多有独到的见地和深切的会心。

非有天马行空似的大精神即无大艺术的产生。但中国现在的精神又何其萎靡锢蔽呢？这译文虽然拙涩，幸而实质本好，倘读者能够坚忍地反复过两三回，当可以看见许多很有意义的处所罢：这是我所以冒昧开译的原因，——自然也是太过分的奢望。

文句大概是直译的，也极愿意一并保存原文的口吻。但我于国语文法是外行，想必很有不合轨范的句子在里面。其中尤须声明的，是几处不用“的”字，而特用“底”字的缘故。即凡形容词与名词相连成一名词者，其间用“底”字，例如 Social being 为社会底存在物，Psychische Trauma 为精神底伤害等；又，形容词之由别种品词转来，语尾有 -tive，-tic 之类者，于下也用“底”字，例如 Speculative，romantic，就写为思索底，罗曼底。

在这里我还应该声谢朋友们的非常的帮助，尤其是许季黻君之于英文；常维钧君之于法文，他还从原文译出一篇《项链》给我附在卷后，以便读者的参看；陶璇卿君又特地为作一幅图画，使这书被了凄艳的新装。

一九二四年十一月二十二日之夜鲁迅在北京记。

译《苦闷的象征》后三日序

这书的著者厨川白村氏，在日本大地震时不幸被难了，这是从他镰仓别邸的废墟中掘出来的一包未定稿。因为是未定稿，所以编者——山本修二氏——也深虑公表出来，或者不是著者的本望。但终于付印了，本来没有书名，由编者定名为《苦闷的象征》。其实是文学论。

这共分四部：第一创作论，第二鉴赏论，第三关于文艺的根本问题的考察，第四文学的起源。其主旨，著者自己在第一部第四章中说得很分明：生命力受压抑而生的苦闷懊恼乃是文艺的根柢，而其表现法乃是广义的象征主义。

因为这于我有翻译的必要，我便于前天开手了，本以为易，译起来却也难。但我仍只得译下去，并且陆续发表；又因为别一必要，此后怕于引例之类要略有省略的地方。

省略了的例，将来倘有再印的机会，立誓一定添进去，使他成一完书。至于译文之坏，则无法可想，拼着挨骂而已。

一九二四年九月二十六日　鲁迅。

《自己发见的欢喜》译者附记

波特莱尔的散文诗，在原书上本有日文译；但我用Max Bruno德文译一比较，却颇有几处不同。现在姑且参酌两本，译成中文。倘有那一位据原文给我痛加订正的，是极希望，极感激的事。否则，我将来还想去寻一个懂法文的朋友来修改他；但现在暂且这样的敷衍着。

十月一日，译者附记。

《有限中的无限》译者附记

法文我一字不识，所以对于Van Lerberghe的歌无可奈何。现承常维钧君给我译出，实在可感；然而改译波特来尔的散文诗的担子我也就想送上去了。想世间肯帮别人的忙的诸公闻之，当亦同声一叹耳。十月十七日，译者附记。

《文艺鉴赏的四阶段》译者附记

先前我想省略的，是这一节中的几处，现在却仍然完全译出，所以序文上说过的“别一必要”，并未实行，因为译到这里时，那必要已经不成为必要了。十月四日，译者附记。

《出了象牙之塔》

后记

我将厨川白村氏的《苦闷的象征》译成印出，迄今恰已一年；他的略历，已说在那书的《引言》里，现在也别无要说的事。我那时又从《出了象牙之塔》里陆续地选译他的论文，登在几种期刊上，现又集合起来，就是这一本。但其中有几篇是新译的；有几篇不关宏旨，如《游戏论》《十九世纪文学之主潮》等，因为前者和《苦闷的象征》中的一节相关，后一篇是发表过的，所以就都加入。惟原书在《描写劳动问题的文学》之后还有一篇短文，是回答早稻田文学社的询问的，题曰《文学者和政治家》。大意是说文学和政治都是根据于民众的深邃严肃的内底生活的活动，所以文学者总该踏在实生活的地盘上，为政者总该深解文艺，和文学者接近。我以为这诚然也有理，但和中国现在的政客官僚们讲论此事，却是对牛弹琴；至于两方面的接近，在北京却时常有，几多丑态和恶行，都在这新而黑暗的阴影中开演，不过还想不出作者所说似的好招牌，——我们的文士们的思想也特别俭啬。因为自己的偏颇的憎恶之故，便不再来译添了，所以全书中独缺那一篇。好在这原是给少年少女们看的，每篇又本不一定相钩连，缺一点也无碍。

“象牙之塔”的典故，已见于自序和本文中了，无须再说。但出了以后又将如何呢？在他其次的论文集《走向十字街头》的序文里有说明，幸而并不长，就全译在下面：——

> “东呢西呢，南呢北呢？进而即于新呢？退而安于古呢？往灵之所教的道路么？赴肉之所求的地方么？左顾右盼，彷徨于十字街头者，这正是现代人的心。‘To be or not to be,that is the question。’我年逾四十了，还迷于人生的行路。我身也就是立在十字街头的罢。暂时出了象牙之塔，站在骚扰之巷里，来一说意所欲言的事罢。用了这寓意，便题这漫笔以十字街头的字样。

“作为人类的生活与艺术，这是迄今的两条路。我站在两路相会而成为一个广场的点上，试来一思索，在我所亲近的英文学中，无论是雪莱、裴伦、是斯温班、或是梅垒迪斯、哈兑，都是带着社会改造的理想的文明批评家；不单是住在象牙之塔里的。这一点，和法国文学之类不相同。如摩理思，则就照字面地走到街头发议论。有人说，现代的思想界是碰壁了。然而，毫没有碰壁，不过立在十字街头罢了，道路是多着。”

但这书的出版在著者死于地震之后，内容要比前一本杂乱些，或者是虽然做好序文，却未经亲加去取的罢。

造化所赋与于人类的不调和实在还太多。这不独在肉体上而已，人能有高远美妙的理想，而人间世不能有副其万一的现实，和经历相伴，那冲突便日见其了然，所以在勇于思索的人们，五十年的中寿就恨过久，于是有急转，有苦闷，有彷徨；然而也许不过是走向十字街头，以自送他的余年归尽。自然，人们中尽不乏面团团地活到八十九十，而且心地太平，并无苦恼的，但这是专为来受中国内务部的褒扬而生的人物，必须又作别论。

假使著者不为地震所害，则在塔外的几多道路中，总当选定其一，直前勇往的罢，可惜现在是无从揣测了。但从这本书，尤其是最紧要的前三篇看来，却确已现了战士身而出世，于本国的微温、中道、妥协、虚假、小气、自大、保守等世态，一一加以辛辣的攻击和无所假借的批评。就是从我们外国人的眼睛看，也往往觉得有“快刀断乱麻”似的爽利，至于禁不住称快。

但一方面有人称快，一方面即有人汗颜；汗颜并非坏事，因为有许多人是并颜也不汗的。但是，辣手的文明批评家，总要多得怨敌。我曾经遇见过一个著者的学生，据说他生时并不为一般人士所喜，大概是因为他态度颇高傲，也如他的文辞。这我却无从判别是非，但也许著者并不高傲，而一般人士倒过于谦虚，因为比真价装得更低的谦虚和抬得更高的高傲，虽然同是虚假，而现在谦虚却算美德。然而，在著者身后，他的全集六卷已经出版了，可见在日本还有几个结集的同志和许多阅看的人们和容纳这样的批评的雅量；这和敢于这样地自己省察、攻击、鞭策的批评家，在中国是都不大容易存在的。

我译这书，也并非想揭邻人的缺失，来聊博国人的快意。中国现在并无“取乱侮亡”的雄心，我也不觉得负有刺探别国弱点的使命，所以正无须致力于此。但当我旁观他鞭责自己时，仿佛痛楚到了我的身上了，后来却又霍然，宛如服了一帖凉药。生在陈腐的古国的人们，倘不是洪福齐天，将来要得内务部的褒扬的，大抵总觉到一种肿痛，有如生着未破的疮。未尝生过疮的，生而未尝割治的，大概都不会知道；否则，就明白一割的创痛，比未割的肿痛要快活得多。这就是所谓“痛快”罢？我就是想借此先将那肿痛提醒，而后将这“痛快”分给同病的人们。

著者呵责他本国没有独创的文明，没有卓绝的人物，这是的确的。他们的文化先取法于中国，后来便学了欧洲；人物不但没有孔，墨，连做和尚的也谁都比不过玄奘。兰学盛行之后，又不见有齐名林那，奈端，达尔文等辈的学者；但是，在植物学，地震学，医学上，他们是已经著了相当的功绩的，也许是著者因为正在针砭“自大病”之故，都故意抹杀了。但总而言之，毕竟并无固有的文明和伟大的世界的人物；当两国的交情很坏的时候，我们的论者也常常于此加以嗤笑，聊快一时的人心。然而我以为惟其如此，正所以使日本能有今日，因为旧物很少，执著也就不深，时势一移，蜕变极易，在任何时候，都能适合于生存。不像幸存的古国，恃着固有而陈旧的文明，害得一切硬化，终于要走到灭亡的路。中国倘不彻底地改革，运命总还是日本长久，这是我所相信的；并以为为旧家子弟而衰落、灭亡，并不比为新发户而生存，发达者更光彩。

说到中国的改革，第一著自然是扫荡废物，以造成一个使新生命得能诞生的机运。五四运动，本也是这机运的开端罢，可惜来摧折它的很不少。那事后的批评，本国人大抵不冷不热地，或者胡乱地说一通，外国人当初倒颇以为有意义，然而也有攻击的，据云是不顾及国民性和历史，所以无价值。这和中国多数的胡说大致相同，因为他们自身都不是改革者。岂不是改革么？历史是过去的陈迹，国民性可改造于将来，在改革者的眼里，已往和目前的东西是全等于无物的。在本书中，就有这样意思的话。

恰如日本往昔的派出“遣唐使”一样，中国也有了许多分赴欧、美、日本的留学生。现在文章里每看见“莎士比亚”四个字，大约便是远哉遥遥，从异域持来的罢。然而且吃大菜，勿谈政事，好在欧文、迭更司、德富芦花的著作，已有经林纾译出的了。做买卖军火的中人，充游历官的翻译，便自有摩托车垫输入臀下，这文化确乎是迩来新到的。

他们的遣唐使似乎稍不同，别择得颇有些和我们异趣。所以日本虽然采取了许多中国文明，刑法上却不用凌迟，宫庭中仍无太监，妇女们也终于不缠足。

但是，他们究竟也太采取了，著者所指摘的微温、中道、妥协、虚假、小气、自大、保守等世态，简直可以疑心是说着中国。尤其是凡事都做得不上不下，没有底力；一切都要从灵向肉，度着幽魂生活这些话。凡那些，倘不是受了我们中国的传染，那便是游泳在东方文明里的人们都如此，真是如所谓“把好花来比美人，不仅仅中国人有这样观念，西洋人、印度人也有同样的观念”了。但我们也无须讨论这些的渊源，著者既以为这是重病，诊断之后，开出一点药方来了，则在同病的中国，正可借以供少年少女们的参考或服用，也如金鸡纳霜既能医日本人的疟疾，即也能医治中国人的一般。

我记得“拳乱”时候（庚子）的外人，多说中国坏，现在却常听到他们赞赏中国的古文明。中国成为他们恣意享乐的乐土的时候，似乎快要临头了；我深憎恶那些赞赏。但是，最幸福的事实在是莫过于做旅人，我先前寓居日本时，春天看看上野的樱花，冬天曾往松岛去看过松树和雪，何尝觉得有著者所数说似的那些可厌事。然而，即使觉到，大概也不至于有那么愤懑的。可惜回国以来，将这超然的心境完全失掉了。

本书所举的西洋的人名、书名等，现在都附注原文，以便读者的参考。但这在我是一件困难的事情，因为著者的专门是英文学，所引用的自然以英美的人物和作品为最多，而我于英文是漠不相识。凡这些工作，都是韦素园、韦丛芜、李霁野、许季黻四君帮助我做的；还有全书的校勘，都使我非常感谢他们的厚意。

文句仍然是直译，和我历来所取的方法一样；也竭力想保存原书的口吻，大抵连语句的前后次序也不甚颠倒。至于几处不用“的”字而用“底”字的缘故，则和译《苦闷的象征》相同，现在就将那《引言》里关于这字的说明，照抄在下面：——

“……凡形容词与名词相连成一名词者，其间用‘底’字，例如 Social being 为社会底存在物，Psychische Trauma 为精神底伤害等；又，形容词之由别种品词转来，语尾有 -tive，-tic 之类者，于下也用‘底’字，例如 speculative，romantic，就写为思索底，罗曼底。”

一九二五年十二月三日之夜，鲁迅。

《观照享乐的生活》译者附记

作者对于他的本国的缺点的猛烈的攻击法，真是一个霹雳手。但大约因为同是立国于亚东，情形大抵相像之故罢，他所狙击的要害，我觉得往往也就是中国的病痛的要害；这是我们大可以借此深思、反省的。

十二月五日　译者。

《从灵向肉和从肉向灵》译者附记

这也是《出了象牙之塔》里的一篇，主旨是专在指摘他最爱的母国——日本——的缺陷的。但我看除了开首这一节攻击旅馆制度和第三节攻击馈送仪节的和中国不甚相干外，其他却多半切中我们现在大家隐蔽着的痼疾，尤其是很自负的所谓精神文明。现在我就再来输入，作为从外国药房贩来的一帖泻药罢。

一九二四年十二月十四日，译者记。

《现代文学之主潮》译者附记

这也是《出了象牙之塔》里的一篇，还是一九一九年一月作。由现在看来，世界也没有作者所豫测似的可以乐观，但有几部分却是切中的。又对于“精神底冒险”的简明的解释，和结末的对于文学的见解，也很可以供多少人的参考，所以就将他翻出来了。

一月十六日。

《小约翰》

引言

在我那《马上支日记》里，有这样的一段：——

“到中央公园，径向约定的一个僻静处所，寿山已先到，略一休息，便开手对译《小约翰》。这是一本好书，然而得来却是偶然的事。大约二十年前罢，我在日本东京的旧书店头买到几十本旧的德文文学杂志，内中有着这书的绍介和作者的评传，因为那时刚译成德文。觉得有趣，便托丸善书店去买来了；想译，没有这力。后来也常常想到，但是总被别的事情岔开。直到去年，才决计在暑假中将它译好，并且登出广告去，而不料那一暑假过得比别的时候还艰难。今年又记得起来，翻检一过，疑难之处很不少，还是没有这力。问寿山可肯同译，他答应了，于是就开手，并且约定，必须在这暑假期中译完。”

这是去年，即一九二六年七月六日的事。那么，二十年前自然是一九〇六年。所谓文学杂志，绍介着《小约翰》的，是一八九九年八月一日出版的《文学的反响》（Das litterarische Echo），现在是大概早成了旧派文学的机关了，但那一本却还是第一卷的第二十一期。原作的发表在一八八七年，作者只二十八岁；后十三年，德文译本才印出，译成还在其前，而翻作中文是在发表的四十整年之后，他已经六十八岁了。

日记上的话写得很简单，但包含的琐事却多。留学时候，除了听讲教科书，及抄写和教科书同种的讲义之外，也自有些乐趣，在我，其一是看看神田区一带的旧书坊。日本大地震后，想必很是两样了罢，那时是这一带书店颇不少，每当夏晚，常常猬集着一群破衣旧帽的学生。店的左右两壁和中央的大床上都是书，里面深处大抵跪坐着一个精明的掌柜，双目炯炯，从我看去很像一个静踞网上的大蜘蛛，在等候自投罗网者的有限的学费。但我总不免也如别人一样，不觉逡巡而入，去看一通，到底是买几本，弄得很觉得怀里有些空虚。但那破旧的半月刊《文学的反响》，却也从这样的处所得到的。

我还记得那时买它的目标是很可笑的，不过想看看他们每半月所出版的书名和各国文坛的消息，总算过屠门而大嚼，比不过屠门而空咽者好一些，至于进而购读群书的野心，却连梦中也未尝有。但偶然看见其中所载《小约翰》译本的标本，即本书的第五章，却使我非常神往了。几天以后，便跑到南江堂去买，没有这书，又跑到丸善书店，也没有，只好就托他向德国去定购。大约三个月之后，这书居然在我手里了，是茀垒斯（Anna Fles）女士的译笔，卷头有赉赫博士（Dr. Paul Rache）的序文，《内外国文学丛书》（Bibliothek die Gesamt-Litteratur des In-und-Auslandes, verlag von Otto Hendel, Halle a. d. S.）之一，价只七十五芬涅，即我们的四角，而且还是布面的！

这诚如序文所说，是一篇“象征写实底童话诗”。无韵的诗，成人的童话。因为作者的博识和敏感，或者竟已超过了一般成人的童话了。其中如金虫的生平，菌类的言行，火萤的理想，蚂蚁的平和论，都是实际和幻想的混合。我有些怕，倘不甚留心于生物界现象的，会因此减少若干兴趣。但我预觉也有人爱，只要不失赤子之心，而感到什么地方有着“人性和他们的悲痛之所在的大都市”的人们。

这也诚然是人性的矛盾，而祸福纠缠的悲欢。人在稚齿，追随“旋儿”，与造化为友。福乎祸乎，稍长而竟求知：怎么样，是什么，为什么？于是招来了智识欲之具象化：小鬼头“将知”；逐渐还遇到科学研究的冷酷的精灵：“穿凿”。童年的梦幻撕成粉碎了；科学的研究呢，“所学的一切的开端，是很好的，——只是他钻研得越深，那一切也就越凄凉，越黯淡。”——惟有“号码博士”是幸福者，只要一切的结果，在纸张上变成数目字，他便满足，算是见了光明了。谁想更进，便得苦痛。为什么呢？原因就在他知道若干，却未曾知道一切，遂终于是“人类”之一，不能和自然合体，以天地之心为心。约翰正是寻求着这样一本一看便知一切的书，然而因此反得“将知”，反遇“穿凿”，终不过以“号码博士”为师，增加更多的苦痛。直到他在自身中看见神，将径向“人性和他们的悲痛之所在的大都市”时，才明白这书不在人间，惟从两处可以觅得：一是“旋儿”，已失的原与自然合体的混沌，一是“永终”——死，未到的复与自然合体的混沌。而且分明看见，他们俩本是同舟……。

假如我们在异乡讲演，因为言语不同，有人口译，那是没有法子的，至多，不过怕他遗漏、错误、失了精神。但若译者另外加些解释、申明、摘要，甚而至于阐发，我想，大概是讲者和听者都要讨厌的罢。因此，我也不想再说关于内容的话。

我也不愿意别人劝我去吃他所爱吃的东西，然而我所爱吃的，却往往不自觉地劝人吃。看的东西也一样，《小约翰》即是其一，是自己爱看，又愿意别人也看的书，于是不知不觉，遂有了翻成中文的意思。这意思的发生，大约是很早的，因为我久已觉得仿佛对于作者和读者，负着一宗很大的债了。

然而为什么早不开手的呢？“忙”者，饰辞；大原因仍在很有不懂的处所。看去似乎已经懂，一到拔出笔来要译的时候，却又疑惑起来了，总而言之，就是外国语的实力不充足。前年我确曾决心，要利用暑假中的光阴，仗着一本辞典来走通这条路，而不料并无光阴，我的至少两三个月的生命，都死在“正人君子”和“学者”们的围攻里了。到去年夏，将离北京，先又记得了这书，便和我多年共事的朋友，曾经帮我译过《工人绥惠略夫》的齐宗颐君，躲在中央公园的一间红墙的小屋里，先译成一部草稿。

我们的翻译是每日下午，一定不缺的是身边一壶好茶叶的茶和身上一大片汗。有时进行得很快，有时争执得很凶，有时商量，有时谁也想不出适当的译法。译得头昏眼花时，便看看小窗外的日光和绿荫，心绪渐静，慢慢地听到高树上的蝉鸣，这样地约有一个月。不久我便带着草稿到厦门大学，想在那里抽空整理，然而没有工夫；也就住不下去了，那里也有“学者”。于是又带到广州的中山大学，想在那里抽空整理，然而又没有工夫；而且也就住不下去了，那里又来了“学者”。结果是带着逃进自己的寓所——刚刚租定不到一月的；很阔，然而很热的房子——白云楼。

荷兰海边的沙冈风景，单就本书所描写，已足令人神往了。我这楼外却不同：满天炎热的阳光，时而如绳的暴雨；前面的小港中是十几只蜑户的船，一船一家，一家一世界，谈笑哭骂，具有大都市中的悲欢。也仿佛觉得不知那里有青春的生命沦亡，或者正被杀戮，或者正在呻吟，或者正在“经营腐烂事业”和作这事业的材料。然而我却渐渐知道这虽然沉默的都市中，还有我的生命存在，纵已节节败退，我实未尝沦亡。只是不见“火云”，时窘阴雨，若明若昧，又像整理这译稿的时候了。于是以五月二日开手，稍加修正，并且誊清，月底才完，费时又一个月。

可惜我的老同事齐君现不知漫游何方，自去年分别以来，迄今未通消息，虽有疑难，也无从商酌或争论了。倘有误译，负责自然由我。加以虽然沉默的都市，而时有侦察的眼光，或扮演的函件，或京式的流言，来扰耳目，因此执笔又时时流于草率。务欲直译，文句也反成蹇涩；欧文清晰，我的力量实不足以达之。《小约翰》虽如波勒兑蒙德说，所用的是“近于儿童的简单的语言”，但翻译起来，却已够感困难，而仍得不如意的结果。例如末尾的紧要而有力的一句：“Und mit seinem Begleiter ging er den frostigen Nachtwinde entegen, den schweren Weg nach der grossen, finstern Stadt, wo die Menschheit war und ihr Weh.”那下半，被我译成这样拙劣的“上了走向那大而黑暗的都市即人性和他们的悲痛之所在的艰难的路”了，冗长而且费解，但我别无更好的译法，因为倘一解散，精神和力量就很不同。然而原译是极清楚的：上了艰难的路，这路是走向大而黑暗的都市去的，而这都市是人性和他们的悲痛之所在。

动植物的名字也使我感到不少的困难。我的身边只有一本《新独和辞书》，从中查出日本名，再从一本《辞林》里去查中国字。然而查不出的还有二十余，这些的译成，我要感谢周建人君在上海给我查考较详的辞典。但是，我们和自然一向太疏远了，即使查出了见于书上的名，也不知道实物是怎样。菊呀松呀，我们是明白的，紫花地丁便有些模胡，莲馨花（primel）则连译者也不知道究竟是怎样的形色，虽然已经依着字典写下来。有许多是生息在荷兰沙地上的东西，难怪我们不熟悉，但是，例如虫类中的鼠妇（Kellerassel）和马陆（Lauferkäfer），我记得在我的故乡是只要翻开一块湿地上的断砖或碎石来就会遇见的。我们称后一种为“臭婆娘”，因为它浑身发着恶臭；前一种我未曾听到有人叫过它，似乎在我乡的民间还没有给它定出名字；广州却有：“地猪”。

和文字的务欲近于直译相反，人物名却意译，因为它是象征。小鬼头 Wistik 去年商定的是“盖然”，现因“盖”者疑词，稍有不妥，索性擅改作“将知”了。科学研究的冷酷的精灵 Pleuzer 即德译的 Klauber，本来最好是译作“挑剔者”，挑谓挑选，剔谓吹求。但自从陈源教授造出“挑剔风潮”这一句妙语以来，我即敬避不用，因为恐怕《闲话》的教导力十分伟大，这译名也将蓦地被解为“挑拨”。以此为学者的别名，则行同刀笔，于是又有重罪了，不如简直译作“穿凿”。况且中国之所谓“日凿一窍而‘混沌’死”，也很像他的将约翰从自然中拉开。小姑娘 Robinetta 我久久不解其义，想译音；本月中旬托江绍原先生设法作最末的查考，几天后就有回信：——

> ROBINETTA 一名，韦氏大字典人名录未收入。我因为疑心她与 ROBIN 是一阴一阳，所以又查 R O B I N，看见下面的解释：——
>
> ROBIN：是 ROBERT 的亲热的称呼，
>
> 而 ROBERT 的本训是“令名赫赫”（！）

那么，好了，就译作“荣儿”。

英国的民间传说里，有叫作 Robin good fellow 的，是一种喜欢恶作剧的妖怪。如果荷兰也有此说，则小姑娘之所以称为

Robinetta 者，大概就和这相关。因为她实在和小约翰开了一个可怕的大玩笑。

《约翰跛妥尔》一名《爱之书》，是《小约翰》的续编，也是结束。我不知道别国可有译本；但据他同国的波勒兑蒙德说，则“这是一篇象征底散文诗，其中并非叙述或描写，而是号哭和欢呼”；而且便是他，也“不大懂得”。

原译本上赉赫博士的序文，虽然所说的关于本书并不多，但可以略见十九世纪八十年代的荷兰文学的大概，所以就译出了。此外我还将两篇文字作为附录。一即本书作者拂来特力克望蔼覃的评传，载在《文学的反响》一卷二十一期上的。评传的作者波勒兑蒙德，是那时荷兰著名的诗人，赉赫的序文上就说及他，但于他的诗颇致不满。他的文字也奇特，使我译得很有些害怕，想中止了，但因为究竟可以知道一点望蔼覃的那时为止的经历和作品，便索性将它译完，算是一种徒劳的工作。末一篇是我的关于翻译动植物名的小记，没有多大关系的。

评传所讲以外及以后的作者的事情，我一点不知道。仅隐约还记得欧洲大战的时候，精神底劳动者们有一篇反对战争的宣言，中国也曾译载在《新青年》上，其中确有一个他的署名。

一九二七年五月三十日，鲁迅于广州东堤寓楼之西窗下记。

动植物译名小记

关于动植物的译名，我已经随文解释过几个了，意有未尽，再写一点。

我现在颇记得我那剩在北京的几本陈旧的关于动植物的书籍。当此“讨赤”之秋，不知道它们无恙否？该还不至于犯禁罢？然而虽在“革命策源地”的广州，我也还不敢妄想从容；为从速完结一件心愿起见，就取些巧，写信去问在上海的周建人君去。我们的函件往返是七回，还好，信封上背着各种什么什么检查讫的印记，平安地递到了，不过慢一点。但这函商的结果也并不好。因为他可查的德文书也只有Hertwig的动物学和Strassburger的植物学，自此查得学名，然后再查中国名。他又引用了几回中国唯一的《植物学大辞典》。

但那大辞典上的名目，虽然都是中国字，有许多其实乃是日本名。日本的书上确也常用中国的旧名，而大多数还是他们的话，无非写成了汉字。倘若照样搬来，结果即等于没有。我以为是不大妥当的。

只是中国的旧名也太难。有许多字我就不认识，连字音也读不清；要知道它的形状，去查书，又往往不得要领。经学家对于《毛诗》上的鸟兽草木虫鱼，小学家对于《尔雅》上的释草释木之类，医学家对于《本草》上的许多动植，一向就终于注释不明白，虽然大家也七手八脚写下了许多书。我想，将来如果有专心的生物学家，单是对于名目，除采取可用的旧名之外，还须博访各处的俗名，择其较通行而合用者，定为正名，不足，又益以新制，则别的且不说，单是译书就便当得远了。

以下，我将要说的照着本书的章次，来零碎说几样。

第一章开头不久的一种植物 Kerbel 就无法可想。这是属于伞形科的，学名 Anthriscus。但查不出中国的译名，我又不解其义，只好译音：凯白勒。幸而它只出来了一回，就不见了。日本叫做ジャク。

第二章也有几种：——

Buche 是欧洲极普通的树木，叶卵圆形而薄，下面有毛，树皮褐色，木材可作种种之用，果实可食。日本叫作橅（Buna），他们又考定中国称为山毛榉。《本草别录》云："榉树，山中处处有之，皮似檀槐，叶如栎槲。"很近似。而《植物学大辞典》又称椈。椈者，柏也，今不据用。

约翰看见一个蓝色的水蜻蜓（Libelle）时，想道："这是一个蛾儿罢。"蛾儿原文是Feuerschmetterling，意云火胡蝶。中国名无可查考，但恐非胡蝶；我初疑是红蜻蜓，而上文明明云蓝色，则又不然。现在姑且译作蛾儿，以待识者指教。

旋花（Winde）一名鼓子花，中国也到处都有的。自生原野上，叶作戟形或箭镞形，花如牵牛花，色淡红或白，午前开，午后萎，所以日本谓之昼颜。

旋儿手里总爱拿一朵花。他先前拿过燕子花（Iris）；在第三章上，却换了Maiglöckchen（五月钟儿）了，也就是Maiblume（五月花）。中国近来有两个译名：君影草，铃兰。都是日本名。现用后一名，因为比较地可解。

第四章里有三种禽鸟，都是属于燕雀类的：——

一、pirol。日本人说中国叫"剖苇"，他们叫"苇切"。形似莺，腹白，尾长，夏天居苇丛中，善鸣噪。我现在译作鷦鷯，不知对否。

二、Meise。身子很小，嘴小而尖，善鸣。头和翅子是黑的，两颊却白，所以中国称为白颊鸟。我幼小居故乡时，听得农人叫它"张飞鸟"。

三、Amsel。背苍灰色，胸腹灰青，有黑斑；性机敏，善于飞翔。日本的《辞林》以为即中国的白头鸟。

第五章上还有两个燕雀类的鸟名：Rohrdrossel und Drossel。无从考查，只得姑且直译为苇雀和嗌雀。但小说用字，没有科学上那么缜密，也许两者还是同一的东西。

热心于交谈的两种毒菌，黑而胖的鬼菌（Teufelsschwamm）和细长而红，且有斑点的捕蝇菌（Fliegenschwamm），都是直译，只是“捕”字是添上去的。捕蝇菌引以自比的鸟莓（Vogelbeere），也是直译，但我们因为莓字，还可以推见这果实是红质白点，好像桑葚一般的东西。《植物学大辞典》称为七度灶，是日本名Nanakamado的直译，而添了一个“度”字。

将种子从孔中喷出，自以为大幸福的小菌，我记得中国叫作酸浆菌，因为它的形状，颇像酸浆草的果实。但忘了来源，不敢用了；索性直译德语的Erdstern，谓之地星。《植物学大辞典》称为土星菌，我想，大约是译英语的Earthstar的，但这Earth我以为也不如译作“地”，免得和天空中的土星相混。

第六章的霍布草（Hopfen）是译音的，根据了《化学卫生论》。

红膆鸟（Rotkehlchen）是译意的。这鸟也属于燕雀类，嘴阔而尖，腹白，头和背赤褐色，鸣声可爱。中国叫作知更雀。

第七章的翠菊是Aster；苹尼亚是Zinnia的音译，日本称为百日草。

第八章开首的春天的先驱是松雪草（Schneeglöckchen），德国叫它雪钟儿。接着开花的是紫花地丁（Veilchen），其实并不一定是紫色的，也有人译作堇草。最后才开莲馨花（Primel od. Schlüsselblume），日本叫樱草，《辞林》云："属樱草科，自生山野间。叶作卵状心形。花茎长，顶生伞状的花序。花红紫色，或白色；状似樱花，故有此名。"

这回在窗外常春藤上吵闹的白头翁鸟，是Star的翻译，不是第四章所说的白头鸟了。但也属于燕雀类，形似鸠而小，全体灰黑色，顶白；栖息野外，造巢树上，成群飞鸣，一名白头发。

约翰讲的池中的动物，也是我们所要详细知道的。但水甲虫是Wasserkäfer的直译，不知其详。水蜘蛛（Wasserläufer）其实也并非蜘蛛，不过形状相像，长只五六分，全身淡黑色而有光泽，往往群集水面。《辞林》云：中国名水黾。因为过于古雅，所以不用。鲵鱼（Salamander）是两栖类的动物，状似蜥蜴，灰黑色，居池水或溪水中，中国有些地方简直以供食用。刺鱼原译作 Stichling，我想这是不对的，因为它是生在深海的底里的鱼。Stachelfish 才是淡水中的小鱼，背部及腹部有硬刺，长约一尺，在水底的水草的茎叶或须根间作窠，产卵于内。日本称前一种为硬鳍鱼，俗名丝鱼；后一种为棘鳍鱼。

Massliebchen 不知中国何名，姑且用日本名，曰雏菊。

小约翰自从失掉了旋儿，其次荣儿之后，和花卉虫鸟们也疏远了。但在第九章上还记着他遇见两种高傲的黄色的夏花：Nachtkerze und Königskerze，直译起来，是夜烛和王烛，学名 Oenother biennis et Verbascum thapsus. 两种都是欧洲的植物，中国没有名目的。前一种近来输入得颇多；许多译籍上都沿用日本名：月见草，月见者，玩月也，因为它是傍晚开的。但北京的花儿匠却曾另立了一个名字，就是月下香；我曾经采用在《桃色的云》里，现在还仍旧。后一种不知道底细，只得直译德国名。

第十一章是凄惨的游览坟墓的场面，当然不会再看见有趣的生物了。穿凿念动黑暗的咒文，招来的虫们，约翰所认识的有五种。蚯蚓和蜈蚣，我想，我们也谁都认识它，和约翰有同等程度的。鼠妇和马陆较为生疏，但我已在引言里说过了。独有给他们打灯笼的 Ohrwurm，我的《新独和辞书》上注道：蠼螋。虽然明明译成了方块字，而且确是中国名，其实还是和 Ohrwurm 一样地不能懂，因为我终于不知道这究竟是怎样的东西。放出“学者”的本领来查古书，有的，《玉篇》云：“蛷螋，虫名；亦名蠼螋。”还有《博雅》云：“蛷螋，蛷蛷也。”也不得要领。我也只好私淑号码博士，看见中国式的号码便算满足了。还有一个最末的手段，是译一段日本的《辞林》来说明它的形状：“属于直翅类中蠼螋科的昆虫。体长一寸许；全身黑褐色而有黄色的脚。无翅；有触角二十节。尾端有歧，以挟小虫之类。”

第十四章以 Sandäuglein 为沙眸子，是直译的，本文就说明着是一种小蝴蝶。

还有一个 münze，我的《新独和辞书》上除了货币之外，没有别的解释。乔峰来信云：“查德文分类学上均无此名。后在一种德文字典上查得 münze 可作 minze 解一语，而 minze 则薄荷也。我想，大概不错的。”这样，就译为薄荷。

一九二七年六月十四日写讫。鲁迅。

《壁下译丛》

小引

这是一本杂集三四年来所译关于文艺论说的书，有为熟人催促，译以塞责的，有闲坐无事，自己译来消遣的。这回汇印成书，于内容也未加挑选，倘有曾在报章上登载而这里却没有的，那是因为自己失掉了稿子或印本。

书中的各论文，也并非各时代的各名作。想翻译一点外国作品，被限制之处非常多。首先是书，住在虽然大都市，而新书却极难得的地方，见闻决不能广。其次是时间，总因许多杂务，每天只能分割仅少的时光来阅读；加以自己常有避难就易之心，一遇工作繁重，译时费力，或豫料读者也大约要觉得艰深讨厌的，便放下了。

这回编完一看，只有二十五篇，曾在各种期刊上发表过的是三分之二。作者十人，除俄国的开培尔外，都是日本人。这里也不及历举他们的事迹，只想声明一句：其中惟岛崎藤村、有岛武郎、武者小路实笃三位，是兼从事于创作的。

就排列而言，上面的三分之二——绍介西洋文艺思潮的文字不在内——凡主张的文章都依照着较旧的论据，连《新时代与文艺》这一个新题目，也还是属于这一流。近一年来中国应着“革命文学”的呼声而起的许多论文，就还未能啄破这一层老壳，甚至于踏了“文学是宣传”的梯子而爬进唯心的城堡里去了。看这些篇，是很可以借镜的。

后面的三分之一总算和新兴文艺有关。片上伸教授虽然死后又很有了非难的人，但我总爱他的主张坚实而热烈。在这里还编进一点和有岛武郎的论争，可以看看固守本阶级和相反的两派的主意之所在。末一篇不过是绍介，那时有三四种译本先后发表，所以这就搁下了，现在仍附之卷末。

因为并不是一时翻译的，到现在，原书大半已经都不在手头了，当编印时，就无从一一复勘；但倘有错误，自然还是译者的责任，甘受弹纠，决无异言。又，去年“革命文学家”群起而努力于“宣传”我的个人琐事的时候，曾说我要译一部论文。那倒是真的，就是这一本，不过并非全部新译，仍旧是曾经“横横直直，发表过的”居大多数，连自己看来，也说不出是怎样精采的书。但我是向来不想译世界上已有定评的杰作，附以不朽的，倘读者从这一本杂书中，于绍介文字得一点参考，于主张文字得一点领会，心愿就十分满足了。

书面的图画，也如书中的文章一样，是从日本书《先驱艺术丛书》上贩来的，原也是书面，没有署名，不知谁作，但记以志谢。

一九二九年四月二十日，鲁迅于上海校毕记。

《西班牙剧坛的将星》译者附记

因为记得《小说月报》第十四卷载有培那文德的《热情之花》，所以从《走向十字街头》译出这一篇，以供读者的参考。

一九二四年十月三十一日，译者识。

《小说的浏览和选择》译者附记

开培尔博士（Dr. Raphael Koeber）是俄籍的日耳曼人，但他在著作中，却还自承是德国。曾在日本东京帝国大学作讲师多年，退职时，学生们为他集印了一本著作以作纪念，名曰《小品》（Kleine Schriften）。其中有一篇《问和答》，是对自若干人的各种质问，加以答复的。这又是其中的一节，小题目是《论小说的浏览》《我以为最好的小说》。虽然他那意见的根柢是古典底，避世底，但也极有确切中肯的处所，比中国的自以为新的学者们要新得多。现在从深田、久保二氏的译本译出，以供青年的参考云。

一九二五年十月十二日，译者附记。

《卢勃克和伊里纳的后来》译者附记

一九二〇年一月《文章世界》所载，后来收入《小小的灯》中。一九二七年即易卜生生后一百年，死后二十二年，译于上海。

《北欧文学的原理》译者附记

这是六年以前，片上先生赴俄国游学，路过北京，在北京大学所讲的一场演讲；当时译者也曾往听，但后来可有笔记在刊物上揭载，却记不清楚了。今年三月，作者逝世，有论文一本，作为遗著刊印出来，此篇即在内，也许还是作者自记的罢，便译存于《壁下译丛》中以留一种纪念。

演讲中有时说得颇曲折晦涩，几处是不相连贯的，这是因为那时不得不如此的缘故，仔细一看，意义自明。其中所举的几种作品，除《我们》一篇外，现在中国也都有译本，很容易拿来参考了。今写出如下——

《傀儡家庭》，潘家洵译。在《易卜生集》卷一内。《世界丛书》之一。上海商务印书馆发行。

《海上夫人》（文中改称《海的女人》），杨熙初译。《共学社丛书》之一。发行所同上。

《呆伊凡故事》，耿济之等译。在《托尔斯泰短篇集》内。发行所同上。

《十二个》，胡斅译。《未名丛刊》之一。北京北新书局发行。

一九二八年十月九日，译者附记。

《北欧文学的原理》译者附记二

片上教授路过北京，在北京大学公开讲演时，我也在旁听，但那讲演的译文，那时曾否登载报章，却已经记不清楚了。今年他去世之后，有一本《露西亚文学研究》出版，内有这一篇，便于三闲时译出，编入《壁下译丛》里。现在《译丛》一时未能印成，而《大江月刊》第一期，陈望道先生恰恰提起这回的讲演，便抽了下来，先行发表，既似应时，又可偷懒，岂非一举而两得也乎哉！

这讲演，虽不怎样精深难解，而在当时，却仿佛也没有什么大效果。因为那时是那样的时候，连"革命文学"的司令官成仿吾还在把守"艺术之宫"，郭沫若也未曾翻"一个跟斗"，更不必说那些"有闲阶级"了。

其中提起的几种书，除《我们》外，中国现在已经都有译本了：——

《傀儡家庭》潘家洵译，在《易卜生集》卷一内。上海商务印书馆发行。

《海上夫人》（文中改称《海的女人》）杨熙初译。发行所同上。

《呆伊凡故事》耿济之等译，在《托尔斯泰短篇集》内。发行所同上。

《十二个》胡斅译。《未名丛刊》之一。北新书局发行。

要知道得仔细的人是很容易得到的。不过今年是似乎大忌“矛盾”，不骂几句托尔斯泰“矛盾”就不时髦，要一面几里古鲁的讲“普罗列塔里亚特意德沃罗基”，一面源源的卖《少年维特的烦恼》和《鲁拜集》，将“反映支配阶级底意识为支配阶级作他底统治的工作”的东西，灌进那些吓得忙来革命的“革命底印贴利更追亚”里面去，弄得他们“落伍”，于是“打发他们去”，这才算是不矛盾，在革命了。“鲁迅不懂唯物史观”，但“旁观”起来，好像将毒药给“同志”吃，也是一种“新文艺”家的“战略”似的。

上月刚说过不在《大江月刊》上发牢骚，不料写一点尾巴，旧病便复发了，“来者犹可追”，这样就算完结。

一九二八年十一月一夜，译者识于上海离租界一百多步之处。

《艺术论》（卢氏）

小序

这一本小小的书，是从日本昇曙梦的译本重译出来的。书的特色和作者现今所负的任务，原序的第四段中已经很简明地说尽，在我，是不能多赘什么了。

作者幼时的身世，大家似乎不大明白。有的说，父是俄国人，母是波兰人；有的说，是一八七八年生于基雅夫地方的穷人家里的；有的却道一八七六年生在波尔泰跋，父祖是大地主。要之，是在基雅夫中学卒业，而不能升学，因为思想新。后来就游学德法，中经回国，遭过一回流刑，再到海外。至三月革命，才得自由，复归母国，现在是人民教育委员长。

他是革命者，也是艺术家，批评家。著作之中，有《文学的影像》《生活的反响》《艺术与革命》等，最为世间所知，也有不少的戏曲。又有《实证美学的基础》一卷，共五篇，虽早在一九〇三年出版，但是一部紧要的书。因为如作者自序所说，乃是“以最压缩了的形式，来传那有一切结论的美学的大体”，并且还成着他迄今的思想和行动的根柢的。

这《艺术论》，出版算是新的，然而也不过是新编。一三两篇我不知道，第二篇原在《艺术与革命》中；末两篇则包括《实证美学的基础》的几乎全部，现在比较如下方——

《实证美学的基础》			《艺术论》	
一	生活与理想	五	艺术与生活	（一）
二	美学是什么？			
三	美是什么？	四	美及其种类	（一）
四	最重要的美的种类	四	同	（二）
五	艺术	五	艺术与生活	（二）

就是，彼有此无者，只有一篇，我现在译附在后面，即成为《艺术论》中，并包《实证美学的基础》的全部，倘照上列的次序看去，便等于看了那一部了。各篇的结末，虽然间或有些不同，但无关大体。又，原序上说起《生活与理想》这辉煌的文章，而书中并无这题目，比较之后，才知道便是《艺术与生活》的第一章。

由我所见，觉得这回的排列和篇目，固然更为整齐冠冕了，但在读者，恐怕倒是依着“实证美学的基础”的排列，顺次看去，较为易于理解；开首三篇，是先看后看，都可以的。

原本既是压缩为精粹的书，所依据的又是生物学底社会学，其中涉及生物、生理、心理、物理、化学、哲学等，学问的范围殊为广大，至于美学和科学底社会主义，则更不俟言。凡这些，译者都并无素养，因此每多窒滞，遇不解处，则参考茂森唯士的《新艺术论》（内有《艺术与产业》一篇）及《实证美学的基础》外村史郎译本，又马场哲哉译本，然而难解之处，往往各本文字并同，仍苦不能通贯，费时颇久，而仍只成一本诘屈枯涩的书，至于错误，尤必不免。倘有潜心研究者，解散原来句法，并将术语改浅，意译为近于解释，才好；或从原文翻译，那就更好了。

其实，是要知道作者的主张，只要看《实证美学的基础》就很够的。但这个书名，恐怕就可以使现在的读者望而却步，所以我取了这一部。而终于力不从心，译不成较好的文字，只希望读者肯耐心一观，大概总可以知道大意，有所领会的罢。如所论艺术与产业之合一，理性与感情之合一，真善美之合一，战斗之必要，现实底的理想之必要，执着现实之必要，甚至于以君主为贤于高蹈者，都是极为警辟的。全书在后，这里不列举了。

一九二九年四月二十二日，于上海译迄，记。鲁迅。

《文艺与批评》译者附记

在一本书之前，有一篇序文，略述作者的生涯、思想、主张，或本书中所含的要义，一定于读者便益得多。但这种工作，在我是力所不及的，因为只读过这位作者所著述的极小部分。现在从尾濑敬止的《革命露西亚的艺术》中，译一篇短文放在前面，其实也并非精良坚实之作。——我恐怕他只依据了一本《研求》，——不过可以略知大概，聊胜于无罢了。

第一篇是从金田常三郎所译《托尔斯泰与马克斯》的附录里重译的，他原从世界语的本子译出，所以这译本是重而又重。艺术何以发生之故，本是重大的问题，可惜这篇文字并不多，所以读到终篇，令人仿佛有不足之感。然而他的艺术观的根本概念，例如在《实证美学的基础》中所发挥的，却几乎无不具体而微地说在里面，领会之后，虽然只是一个大概，但也就明白一个大概了。看语气，好像是讲演，惟不知讲于那一年。

第二篇是托尔斯泰死去的翌年——一九一一年——二月，在《新时代》揭载，后来收在《文学底影像》里的。今年一月，我从日本辑印的《马克斯主义者之所见的托尔斯泰》中杉本良吉的译文重译，登在《春潮》月刊一卷三期上。末尾有一点短跋，略述重译这篇文章的意思，现在再录在下面——

“一、托尔斯泰去世时，中国人似乎并不怎样觉得，现在倒回上去，从这篇里，可以看见那时西欧文学界有名的人们——法国的 Anatole France，德国的 Gerhart Hauptmann。意大利的 Giovanni Papini，还有青年作家 D'Ancelis 等——的意见，以及一个科学底社会主义者——本论文的作者——对于这些意见的批评，较之由自己一一搜集起来看更清楚，更省力。

“二、借此可以知道时局不同，立论便往往不免于转变，豫知的事，是非常之难的。在这一篇上，作者还只将托尔斯泰判作非友非敌，不过一个并不相干的人；但到一九二四年的讲演，却已认为虽非敌人的第一阵营，但是‘很麻烦的对手’了，这大约是多数派已经握了政权，于托尔斯泰派之多，渐渐感到统治上的不便的缘故。到去年，托尔斯泰诞生百年记念时，同作者又有一篇文章叫作《托尔斯泰记念会的意义》，措辞又没有演讲那么峻烈了，倘使这并非因为要向世界表示苏联未尝独异，而不过内部日见巩固，立论便也平静起来：那自然是很好的。

“从译本看来，卢那卡尔斯基的论说就已经很够明白，痛快了。但因为译者的能力不够和中国文本来的缺点，译完一看，晦涩，甚而至于难解之处也真多；倘将仂句拆下来呢，又失了原来的精悍的语气。在我，是除了还是这样的硬译之外，只有‘束手’这一条路——就是所谓‘没有出路’——了，所余的惟一的希望，只在读者还肯硬着头皮看下去而已。”

约略同时，韦素园君的从原文直接译出的这一篇，也在《未名》半月刊二卷二期上发表了。他多年卧在病床上还翻译这样费力的论文，实在给我不少的鼓励和感激。至于译文，有时晦涩也不下于我，但多几句，精确之处自然也更多，我现在未曾据以改定这译本，有心的读者，可以自去参看的。

第三篇就是上文所提起的一九二四年在墨斯科的讲演，据金田常三郎的日译本重译的，曾分载去年《奔流》的七、八两本上。原本并无种种小题目，是译者所加，意在使读者易于省览，现在仍然袭而不改。还有一篇短序，于这两种世界观的差异和冲突，说得很简明，也节译一点在这里——

“流成现代世界人类的思想圈的对蹠底二大潮流，一是唯物底思想，一是唯心底思想。这两个代表底思想，其间又夹杂着从这两种思想抽芽，而变形了的思想，常常相克，以形成现代人类的思想生活。

“卢那卡尔斯基要表现这两种代表底观念形态，便将前者的非有产者底唯物主义，称为马克斯主义，后者的非有产者底精神主义，称为托尔斯泰主义。

“在俄国的托尔斯泰主义，当无产者独裁的今日，在农民和智识阶级之间，也还有强固的思想底根底的。……这于无产者的马克斯主义底国家统制上，非常不便。所以在劳农俄国人民教化的高位的卢那卡尔斯基，为拂拭在俄国的多数主义的思想底障碍石的托尔斯泰主义起见，作这一场演说，正是当然的事。

“然而卢那卡尔斯基并不以托尔斯泰主义为完全的正面之敌。这是因为托尔斯泰主义在否定资本主义，高唱同胞主义，主张人类平等之点，可以成为或一程度的同路人的缘故。那么，在也可以看作这演说的戏曲化的《被解放了的堂吉诃德》里，作者虽在揶揄人道主义者，托尔斯泰主义的化身吉诃德老爷，却决不怀着恶意的。作者以可怜的人道主义的侠客堂·吉诃德为革命的魔障，然而并不想杀了他来祭革命的军旗。我们在这里，能够看见卢那卡尔斯基的很多的人性和宽大。”

第四和第五两篇，都从茂森唯士的《新艺术论》译出，原文收在一九二四年墨斯科出版的《艺术与革命》中。两篇系合三回的演说而成，仅见后者的上半注云“一九一九年末作”，其余未详年代，但看其语气，当也在十月革命后不久，艰难困苦之时。其中于艺术在社会主义社会里之必得完全自由，在阶级社会里之不能不暂有禁约，尤其是于俄国那时艺术的衰微的情形，指导者的保存、启发、鼓吹的劳作，说得十分简明切要。那思虑之深远，甚至于还因为经济，而顾及保全农民所特有的作风。这对于今年忽然高唱自由主义的“正人君子”，和去年一时大叫“打发他们去”的“革命文学家”，实在是一帖喝得会出汗的苦口的良药。但他对于俄国文艺的主张，又因为时地究有不同，所以中国的托名要存古而实以自保的保守者，是又不能引为口实的。

末一篇是一九二八年七月，在《新世界》杂志上发表的很新的文章，同年九月，日本藏原惟人译载在《战旗》里，今即据以重译。原译者按语中有云：“这是作者显示了马克斯主义文艺批评的基准的重要的论文。我们将苏联和日本的社会底发展阶段之不同，放在念头上之后，能够从这里学得非常之多的物事。我希望关心于文艺运动的同人，从这论文中摄取得进向正当的解决的许多的启发。”这是也可以移赠中国的读者们的。还有，我们也曾有过以马克斯主义文艺批评自命的批评家了，但在所写的判决书中，同时也一并告发了自己。这一篇提要，即可以据以批评近来中国之所谓同种的“批评”。必须更有真切的批评，这才有真的新文艺和新批评的产生的希望。

本书的内容和出处，就如上文所言。虽然不过是一些杂摘的花果枝柯，但或许也能够由此推见若干花果枝柯之所由发生的根柢。但我又想，要豁然贯通，是仍须致力于社会科学这大源泉的，因为千万言的论文，总不外乎深通学说，而且明白了全世界历来的艺术史之后，应环境之情势，回环曲折地演了出来的支流。

六篇中，有两篇半曾在期刊上发表，其余都是新译的。我以为最要紧的尤其是末一篇，凡要略知新的批评者，都非细看不可。可惜译成一看，还是很艰涩，这在我的力量上，真是无可如何。原译文上也颇有错字，能知道的都已改正，此外则只能承袭，因为一人之力，察不出来。但仍希望读者倘有发见时，加以指摘，给我将来还有改正的机会。

至于我的译文，则因为匆忙和疏忽，加以体力不济，谬误和遗漏之处也颇多。这首先要感谢雪峰君，他于校勘时，先就给我改正了不少的脱误。

一九二九年八月十六日之夜，鲁迅于上海的风雨、啼哭、歌笑声中记。

《文艺政策》
后记

这一部书，是用日本外村史郎和藏原惟人所辑译的本子为底本，从前年（一九二八年）五月间开手翻译，陆续登在月刊《奔流》上面的。在那第一本的《编校后记》上，曾经写着下文那样的一些话——

> “俄国的关于文艺的争执，曾有《苏俄的文艺论战》介绍过，这里的《苏俄的文艺政策》，实在可以看作那一部书的续编。如果看过前一书，则看起这篇来便更为明了。序文上虽说立场有三派的不同，然而约减起来，也不过两派。即对于阶级文艺，一派偏重文艺，如瓦浪斯基等，一派偏重阶级，是《那巴斯图》的人们，布哈林们自然也主张支持无产

阶级作家的，但又以为最要紧的是要有创作。发言的人们之中，好几个是委员，如瓦浪斯基、布哈林、雅各武莱夫、托罗兹基、卢那卡尔斯基等；也有'锻冶厂'一派，如普列忒内夫；最多的是《那巴斯图》的人们，如瓦进、烈烈威支、阿卫巴赫、罗陀夫、培赛勉斯基等，译载在《苏俄的文艺论战》里的一篇《文学与艺术》后面，都有署名在那里。

"'那巴斯图'派的攻击，几乎集中于一个瓦浪斯基——《赤色新地》的编辑者。对于他所作的《作为生活认识的艺术》，烈烈威支曾有一篇《作为生活组织的艺术》，引用布哈林的定义，以艺术为'感情的普遍化'的方法，并指摘瓦浪斯基的艺术论，乃是超阶级底的。这意思在评议会的论争上也可见。但到后来，藏原惟人在《现代俄罗斯的批评文学》中说，他们两人之间的立场似乎有些接近了，瓦浪斯基承认了艺术的阶级性之重要，烈烈威支的攻击也较先前稍为和缓了。现在是托罗兹基、拉迪克都已放逐，瓦浪斯基大约也退职，状况也许又很不同了罢。

"从这记录中，可以看见在劳动阶级文学的大本营的俄国的文学的理论和实际，于现在的中国，恐怕是不为无益的；其中有几个空字，是原译本如此，因无别国译本，不敢妄补，倘有备有原书，通函见教或指正其错误的，必当随时补正。"

但直到现在，首尾三年，终于未曾得到一封这样的信札，所以其中的缺憾，还是和先前一模一样。反之，对于译者本身的笑骂却颇不少的，至今未绝。我曾在《“硬译”与“文学的阶级性”》中提到一点大略，登在《萌芽》第三本上，现在就摘抄几段在下面——

“从前年以来，对于我个人的攻击是多极了，每一种刊物上，大抵总要看见‘鲁迅’的名字，而作者的口吻，则粗粗一看，大抵好像革命文学家。但我看了几篇，竟逐渐觉得废话太多了，解剖刀既不中腠理，子弹所击之处，也不是致命伤。……于是我想，可供参考的这样的理论，是太少了，所以大家有些胡涂。对于敌人、解剖、咬嚼，现在是在所不免的，不过有一本解剖学，有一本烹饪法，依法办理，则构造味道，总还可以较为清楚、有味。人往往以神话中的Prometheus比革命者，以为窃火给人，虽遭天帝之虐待不悔，其博大坚忍正相同。但我从别国里窃得火来，本意却在煮自己的肉的，以为倘能味道较好，庶几在咬嚼者那一面也得到较多的好处，我也较不枉费了身躯：出发点全是个人主义。

并且还夹杂着小市民性的奢华，以及慢慢地摸出解剖刀来，反而刺进解剖者的心脏里去的‘报复’。……然而，我也愿意于社会上有些用处，看客所见的结果仍是火和光。这样，首先开手的就是《文艺政策》，因为其中含有各派的议论。

“郑伯奇先生……便在所编的《文艺生活》上，笑我的翻译这书，是不甘没落，而可惜被别人著了先鞭。翻一本书便会浮起，做革命文学家真太容易了，我并不这样想。有一种小报，则说我的译《艺术论》是‘投降’。是的，投降的事，为世上所常有，但其时成仿吾元帅早已爬出日本的温泉，住进巴黎的旅馆，在这里又向谁输诚呢。今年，谥法又两样了，……说是‘方向转换’。我看见日本的有些杂志中，曾将这四字加在先前的新感觉派片冈铁兵上，算是一个好名词。其实，这些纷纭之谈，也还是只看名目，连想也不肯一想的老病。译一本关于无产阶级文学的书，是不足以证明方向的，倘有曲译，倒反足以为害。我的译书，就也要献给这些速断的无产文学批评家，因为他们是有不贪‘爽快’，耐苦来研究这种理论的义务的。

“但我自信并无故意的曲译，打着我所不佩服的批评家的伤处了的时候我就一笑，打着我自己的伤处了的时候我就忍疼，却决不有所增减，这也是始终‘硬译’的一个原因。

自然，世间总会有较好的翻译者，能够译成既不曲，也不‘硬’或‘死’的文章的，那时我的译本当然就被淘汰，我就只要来填这从‘未来’到‘较好’的空间罢了。”

因为至今还没有更新的译本出现，所以我仍然整理旧稿，印成书籍模样，想延续他多少时候的生存。但较之初稿，自信是更少缺点了。第一，雪峰当编定时，曾给我对比原译，订正了几个错误；第二，他又将所译冈泽秀虎的《以理论为中心的俄国无产阶级文学发达史》附在卷末，并将有些字面改从我的译例，使总览之后，于这《文艺政策》的来源去脉，更得分明。这两点，至少是值得特行声叙的。

一九三〇年四月十二之夜，鲁迅记于沪北小阁。

《十月》

后记

作者的名姓，如果写全，是Aleksandr Stepanovitch Yakovlev。第一字是名；第二字是父名，义云“斯台班的儿子”；第三字才是姓。自传上不记所写的年月，但这最先载在理定所编的《文学底俄罗斯》（Vladimir Lidin:Literaturnaya Russiya）第一卷上，于一九二四年出版，那么，至迟是这一年所写的了。一九二八年在墨斯科印行的《作家传》（Pisateli）中，雅各武莱夫的自传也还是这一篇，但增添了著作目录：从一九二三至二八年，已出版的计二十五种。

俄国在战时共产主义时代，因为物质的缺乏和生活的艰难，在文艺也是受难的时代。待到一九二一年施行了新经济政策，文艺界遂又活泼起来。这时成绩最著的，是瓦浪斯基在杂志《赤色新地》所拥护，而托罗兹基首先给以一个指明特色的名目的“同路人”。

“‘同路人’们的出现的表面上的日子，也可以将‘绥拉比翁的弟兄’于一九二一年二月一日同在‘列宁格勒的艺术之家’里的第一回会议，算进里面去。（中略。）在本质上，这团体在直接底的意义上是并没有表示任何的流派和倾向的。结合着‘弟兄’们者，是关于自由的艺术的思想，无论是怎样的东西，凡有计划，他们都是反对者。倘要说他们也有了纲领，那么，那就在一切纲领的否定。将这表现得最为清楚的，是淑雪兼珂（M. Zoshchenko）：‘从党员的见地来看，我是没有主义的人。那就好，叫我自己来讲自己，则——我既不是共产主义者，也不是社会革命党员，又不是帝政主义者。我只是俄罗斯人。而且——政治底地，是不道德的人。在大体的规模上，布尔塞维克于我最相近。我也赞成和布尔塞维克们来施行布尔塞维主义。（中略）我爱那农民的俄罗斯。’

“一切‘弟兄’的纲领，那本质就是这样的东西。他们用或种形式，表现对于革命的无政府底的，乃至巴尔底山（袭击队）底的要素（Moment）的同情，以及对于革命的组织底计划底建设底的要素的那否定底的态度。”（P.S.Kogan：《伟大的十年的文学》第四章。）

《十月》的作者雅各武莱夫，便是这“绥拉比翁的弟兄”们中的一个。

但是，如这团体的名称所显示，虽然取霍夫曼（Th. A. Hoffmann）的小说之名，而其取义，却并非以绥拉比翁为师，乃在恰如他的那些弟兄们一般，各自有其不同的态度。所以各人在那“没有纲领”这一个纲领之下，内容形式，又各不同。例如先已不同，现在愈加不同了的伊凡诺夫（Vsevolod Ivanov）和毕力涅克（Boris pilniak），先前就都是这团体中的一分子。

至于雅各武莱夫，则艺术的基调，全在博爱与良心，而且很是宗教底的，有时竟至于佩服教会。他以农民为人类正义与良心的最高的保持者，惟他们才将全世界连结于友爱的精神。将这见解具体化了的，是短篇小说《农夫》，其中描写着“人类的良心”的胜利。我曾将这译载在去年的《大众文艺》上，但正只为这一个题目和作者的国籍，连广告也被上海的报馆所拒绝，作者的高洁的空想，至少在中国的有些处所是分明碰壁了。

《十月》是一九二三年之作，算是他的代表作品，并且表示了较有进步的观念形态的。但其中的人物，没有一个是铁底意志的革命家；亚庚临时加入，大半因为好玩，而结果却在后半大大的展开了他母亲在旧房子里的无可挽救的哀惨，这些处所，要令人记起安特来夫（L. Andreev）的《老屋》来。较为平静而勇敢的倒是那些无名的水兵和兵士们，但他们又什九由于先前的训练。

然而，那用了加入白军和终于彷徨着的青年（伊凡及华西理）的主观，来述十月革命的巷战情形之处，是显示着电影式的结构和描写法的清新的，虽然临末的几句光明之辞，并不足以掩盖通篇的阴郁的绝望底的氛围气。然而革命之时，情形复杂，作者本身所属的阶级和思想感情，固然使他不能写出更进于此的东西，而或时或处的革命，大约也不能说绝无这样的情景。本书所写，大抵是墨斯科的普列思那街的人们。要知道在别样的环境里的别样的思想感情，我以为自然别有法兑耶夫（A. Fadeev）的《溃灭》在。

他的现在的生活，我不知道。日本的黑田乙吉曾经和他会面，写了一点“印象”，可以略略窥见他之为人：

“最初，我和他是在‘赫尔岑之家’里会见的，但既在许多人们之中，雅各武莱夫又不是会出锋头的性质的人，所以没有多说话。第二回会面是在理定的家里。从此以后，我便喜欢他了。

“他在自叙传上写着：父亲是染色工，父家的亲属都是农奴，母家的亲属是伏尔迦的船伙，父和祖父母，是不能看书，也不能写字的。会面了一看，诚然，他给人以生于大俄罗斯的‘黑土’中的印象，‘素朴’这字，即可就此嵌在他那里的，但又不流于粗豪，平静镇定，是一个连大声也不发的典型底的‘以农奴为祖先的现代俄罗斯的新的知识者’。

“一看那以墨斯科的十月革命为题材的小说《十月》，大约就不妨说，他的一切作品，是叙述着他所生长的伏尔迦河下流地方的生活，尤其是那社会底，以及经济底的特色的。

“听说雅各武莱夫每天早上五点钟光景便起床，清洁了身体，静静地诵过经文之后，这才动手来创作。睡早觉，是向来几乎算了一种俄国的知识阶级，尤其是文学者的资格的，然而他却是非常改变了的人。记得在理定的家里，他也没有喝一点酒。”（《新兴文学》第五号1928。）

他的父亲的职业，我所译的《自传》据日本尾濑敬止的《文艺战线》所载重译，是“油漆匠”，这里却道是“染色工”。原文用罗马字拼起音来，是“Ochez-Mal'Yar”，我不知道谁算译的正确。

这书的底本，是日本井田孝平的原译，前年，东京南宋书院出版，为《世界社会主义文学丛书》的第四篇。达夫先生去年编《大众文艺》，征集稿件，便译了几章，登在那上面，后来他中止编辑，我也就中止翻译了。直到今年夏末，这才在一间玻璃门的房子里，将它译完。其时曹靖华君寄给我一本原文，是《罗曼杂志》（Roman Gazeta）之一，但我没有比照的学力，只将日译本上所无的每章标题添上，分章之处，也照原本改正，眉目总算较为清楚了。

还有一点赘语：

第一、这一本小说并非普罗列泰利亚底的作品。在苏联先前并未禁止，现在也还在通行，所以我们的大学教授拾了侨俄的唾余，说那边在用马克斯学说掂斤估两，多也不是，少也不是，是夸张的，其实倒是他们要将这作为口实，自己来掂斤估两。有些

“象牙塔”里的文学家于这些话偏会听到，弄得脸色发白，再来遥发宣言，也实在冤枉得很的。

第二、俄国还有一个雅各武莱夫，作《蒲力汗诺夫论》的，是列宁格勒国立艺术大学的助教，马克斯主义文学的理论家，姓氏虽同，却并非这《十月》的作者。此外，姓雅各武莱夫的，自然还很多。

但是，一切“同路人”，也并非同走了若干路程之后，就从此永远全数在半空中翱翔的，在社会主义底建设的中途，一定要发生离合变化，珂干在《伟大的十年的文学》中说：

> “所谓‘同路人’们的文学，和这（无产者文学），是成就了另一条路了。他们是从文学向生活去的，从那有自立底的价值的技术出发。他们首先第一，将革命看作艺术作品的题材。他们明明白白，宣言自己是一切倾向性的敌人，并且想定了与这倾向之如何，并无关系的作家们的自由的共和国。其实，这些‘纯粹’的文学主义者们，是终于也不能不拉进在一切战线上，沸腾着的斗争里面去了的，于是就参加了斗争。到了最初的十年之将终，从革命底实生活进向文学的无产者作家，与从文学进向革命底实生活的‘同路人’们，

两相合流，在十年之终，而有形成苏维埃作家联盟，使一切团体，都可以一同加入的雄大的企图，来作纪念，这是毫不足异的。”

关于“同路人”文学的过去，以及现在全般的状况，我想，这就说得很简括而明白了。

一九三〇年八月三十日，译者。

《十月》首二节译者附记

同是这一位作者的“非革命”的短篇《农夫》，听说就因为题目违碍，连广告都被大报馆拒绝了。这回再来译他一种中篇，观念比那《农夫》是前进一点，但还是“非革命”的，我想，它的生命，是在照着所能写的写：真实。

我译这篇的本意，既非恐怕自己没落，也非鼓吹别人革命，不过给读者看看那时那地的情形，算是一种一时的稗史，这是可以请有产无产文学家们大家放心的。

我所用的底本，是日本井田孝平的译本。

一九二九年一月二日，译者识。

《毁灭》

后记

要用三百页上下的书，来描写一百五十个真正的大众，本来几乎是不可能的。以《水浒》的那么繁重，也不能将一百零八条好汉写尽。本书作者的简炼的方法，是从中选出代表来。

三个小队长。农民的代表是苦勃拉克，矿工的代表是图皤夫，牧人的代表是美迭里札。

苦勃拉克的缺点自然是最多，他所主张的是本地的利益，捉了牧师之后，十字架的银链子会在他的腰带上，临行喝得烂醉，对队员自谦为“猪一般的东西”。农民出身的斥候，也往往不敢接近敌地，只坐在丛莽里吸烟卷，以待可以回去的时候的到来。矿工木罗式加给以批评道——

“我和他们合不来，那些农人们，和他们合不来。……小气，阴气，没有胆——毫无例外……都这样！自己是什么也没有。简直像扫过的一样！……”（第二部之第五章）

图皤夫们可是大不相同了，规律既严，逃兵极少，因为他们不像农民，生根在土地上。虽然曾经散宿各处，召集时到得最晚，但后来却“只有图皤夫的小队，是完全集合在一气”了。重伤者弗洛罗夫临死时，知道本身的生命，和人类相通，托孤于友，毅然服毒，他也是矿工之一。只有十分鄙薄农民的木罗式加，缺点却正属不少，偷瓜酗酒，既如流氓，而苦闷懊恼的时候，则又颇近于美谛克了。然而并不自觉。工兵刚卡连珂说——

“从我们的无论谁，人如果掘下去，在各人里，都会发见农民的，在各人里。总之，属于这边的什么，至多也不过没有穿草鞋……”（二之五）

就将他所鄙薄的别人的坏处，指给他就是自己的坏处，以人为鉴，明白非常，是使人能够反省的妙法，至少在农工相轻的时候，是极有意义的。然而木罗式加后来去作斥候，终于与美谛克不同，殉了他的职守了。

关于牧人美迭里札写得并不多。有他的果断、马术，以及临死的英雄底的行为。牧人出身的队员，也没有写。另有一个宽袍大袖的细脖子的牧童，是令人想起美迭里札的幼年时代和这牧童的成人以后的。

解剖得最深刻的，恐怕要算对于外来的知识分子——首先自然是高中学生美谛克了。他反对毒死病人，而并无更好的计谋，反对劫粮，而仍吃劫来的猪肉（因为肚子饿）。他以为别人都办得不对，但自己也无办法，也觉得自己不行，而别人却更不行。于是这不行的他，也就成为高尚，成为孤独了。那论法是这样的——

> “……我相信，我是一个不够格的，不中用的队员……我实在是什么也不会做，什么也不知道的……我在这里，和谁也合不来，谁也不帮助我，但这是我的错处么？我用了直心肠对人，但我所遇见的却是粗暴，对于我的玩笑、揶揄……

现在我已经不相信人了，我知道，如果我再强些，人们就会听我、怕我的，因为在这里，谁也只向着这件事，谁也只想着这件事，就是装满自己的大肚子……我常常竟至于这样地感到，假使他们万一在明天为科尔却克所带领，他们便会和现在一样地服侍他，和现在一样地法外的凶残地对人，然而我不能这样，简直不能这样……”（二之五）

这其实就是美谛克入队和逃走之际，都曾说过的“无论在那里做事，全都一样”论，这时却以为大恶，归之别人了。此外解剖，深切者尚多，从开始以至终篇，随时可见。然而美谛克却有时也自觉着这缺点的，当他和巴克拉诺夫同去侦察日本军，在路上扳谈了一些话之后——

“美谛克用了突然的热心，开始来说明巴克拉诺夫的不进高中学校，并不算坏事情，倒是好。他在无意中，想使巴克拉诺夫相信自己虽然无教育，却是怎样一个善良，能干的人。但巴克拉诺夫却不能在自己的无教育之中，看见这样的价值，美谛克的更加复杂的判断，也就全然不能为他所领会了。他们之间，于是并不发生心心相印的交谈。两人策了马，在长久的沉默中开快步前进。”（二之二）

但还有一个专门学校学生企什，他的自己不行，别人更不行的论法，是和美谛克一样的——

“自然，我是生病，负伤的人，我是不耐烦做那样麻烦的工作的，然而无论如何，我总该不会比小子还要坏——这无须夸口来说……”（二之一）

然而比美谛克更善于避免劳作，更善于追逐女人，也更苛于衡量人物了——

“唔，然而他（莱奋生）也是没有什么了不得的学问的人呵，单是狡猾罢了。就在想将我们当作踏脚，来挣自己的地位。自然，您总以为他是很有勇气，很有才能的队长罢。哼，岂有此理！——都是我们自己幻想的！……”（同上）

这两人一相比较，便觉得美谛克还有纯厚的地方。弗理契《代序》中谓作者连写美谛克，也令人感到有些爱护之处者，大约就为此。

莱奋生对于美谛克一流人物的感想，是这样的——

"只在我们这里，在我们的地面上，几万万人从太古以来，活在宽缓的怠惰的太阳下，住在污秽和穷困中，用着洪水以前的木犁耕田，信着恶意而昏愚的上帝，只在这样的地面上，这穷愚的部分中，才也能生长这种懒惰的，没志气的人物，这不结子的空花……"（二之五）

但莱奋生本人，也正是一个知识分子——袭击队中的最有教养的人。本书里面只说起他先前是一个瘦弱的犹太小孩，曾经帮了他那终生梦想发财的父亲卖旧货，幼年时候，因为照相，要他凝视照相镜，人们曾诓骗他说将有小鸟从中飞出，然而终于没有，使他感到很大的失望的悲哀。就是到省悟了这一类的欺人之谈，也支付了许多经验的代价。但大抵已经不能回忆，因为个人的私事，已为被称为"先驱者莱奋生的莱奋生"的历年积下的层累所掩蔽，不很分明了。只有他之所以成为"先驱者"的由来，却可以确切地指出——

"在克服这些一切的缺陷的困穷中，就有着他自己的生活的根本底意义，倘若他那里没有强大的，别的什么希望也不能比拟的，那对于新的、美的、强的、善的人类的渴望，莱奋生便是一个别的人了。但当几万万人被逼得只好过着这样原始的、可怜的、无意义地穷困的生活之间，又怎能谈得到新的、美的人类呢？”（同上）

这就使莱奋生必然底地和穷困的大众联结，而成为他们的先驱。人们也以为他除了来做队长之外，更无适宜的位置了。但莱奋生深信着——

“驱使着这些人们者，决非单是自己保存的感情，乃是另外的，不下于此的重要的本能，借了这个，他们才将所忍耐着的一切，连死，都售给最后的目的……然而这本能之生活于人们中，是藏在他们的细小、平常的要求和顾虑下面的，这因为各人是要吃、要睡，而各人是孱弱的缘故。看起来，这些人们就好像担任些平常的，细小的杂务，感觉自己的弱小，而将自己的最大的顾虑，则委之较强的人们似的。”（二之三）

莱奋生以“较强”者和这些大众前行，他就于审慎周详之外，还必须自专谋画，藏匿感情，获得信仰，甚至于当危急之际，还要施行权力了。为什么呢，因为其时是——

“大家都在怀着尊敬和恐怖对他看，——却没有同情。在这瞬间，他觉得自己是居部队之上的敌对底的力，但他已经觉悟，竟要向那边去，——他确信他的力是正当的。”（同上）

然而莱奋生不但有时动摇，有时失措，部队也终于受日本军和科尔却克军的围击，一百五十人只剩了十九人，可以说，是全部毁灭了。突围之际，他还是因为受了巴克拉诺夫的暗示。这和现在世间通行的主角无不超绝，事业无不圆满的小说一比较，实在是一部令人扫兴的书。平和的改革家之在静待神人一般的先驱，君子一般的大众者，其实就为了惩于世间有这样的事实。美谛克初到农民队的夏勒图巴部下去的时候，也曾感到这一种幻灭的——

“周围的人们，和从他奔放的想像所造成的，是全不相同的人物……”（一之二）

但作者即刻给以说明道——

"因此他们就并非书本上的人物，却是真的活的人。"（同上）

然而虽然同是人们，同无神力，却又非美谛克之所谓"都一样"的。例如美谛克，也常有希望，常想振作，而息息转变，忽而非常雄大，忽而非常颓唐，终至于无可奈何，只好躺在草地上看林中的暗夜，去赏鉴自己的孤独了。莱奋生却不这样，他恐怕偶然也有这样的心情，但立刻又加以克服，作者于莱奋生自己和美谛克相比较之际，曾漏出他极有意义的消息来——

"但是，我有时也曾是这样，或者相像么？

"不，我是一个坚实的青年，比他坚实得多。我不但希望了许多事，也做到了许多事——这是全部的不同。"（二之五）

以上是译完复看之后，留存下来的印象。遗漏的可说之点，自然还很不少的。因为文艺上和实践上的宝玉，其中随在皆是，不但泰茄的景色，夜袭的情形，非身历者不能描写，即开枪和调马之术，书中但以烘托美谛克的受窘者，也都是得于实际的经验，决非幻想的文人所能著笔的。更举其较大者，则有以寥寥数语，评论日本军的战术云——

“他们从这田庄进向那田庄，一步一步都安排稳妥，侧面布置着绵密的警备，伴着长久的停止，慢慢地进行。在他们的动作的铁一般固执之中，虽然慢，却可以感到有自信的，有计算的，然而同时是盲目底的力量。”（二之二）

而和他们对抗的莱奋生的战术，则在他训练部队时叙述出来——

“他总是不多说话的，但他恰如敲那又钝又强的钉，以作永久之用的人一般，就只执拗地敲着一个处所。”（一之九）

于是他在部队毁灭之后，一出森林，便看见打麦场上的远人，要使他们很快地和他变成一气了。

作者法捷耶夫（Alexandr Alexandrovitch Fadeev）的事迹，除《自传》中所有的之外，我一无所知。仅由英文译文《毁灭》的小序中，知道他现在是无产者作家联盟的裁决团体的一员。

又，他的罗曼小说《乌兑格之最后》，已经完成，日本将有译本。

这一本书，原名《Razgrom》，义云“破灭”，或“溃散”，藏原惟人译成日文，题为《坏灭》，我在春初译载《萌芽》上面，改称《溃灭》的，所据就是这一本；后来得到R. D. Charques的英文译本和Verlag für Literatur und Politik出版的德文译本，又参校了一遍，并将因为《萌芽》停版，放下未译的第三部补完。后二种都已改名《十九人》，但其内容，则德日两译，几乎相同，而英译本却多独异之处，三占从二，所以就很少采用了。

前面的三篇文章，《自传》原是《文学的俄罗斯》所载，亦还君从一九二八年印本译出；藏原惟人的一篇，原名《法捷耶夫的小说〈毁灭〉》，登在一九二八年三月的《前卫》上，洛扬君译成华文的。这都从《萌芽》转录。弗理契（V. Fritche）的序文，则三种译本上都没有，朱杜二君特为从《罗曼杂志》所载的原文译来。但音译字在这里都已改为一律，引用的文章，也照我所译的本文换过了。特此声明，并表谢意。

卷头的作者肖像，是拉迪诺夫（I. Radinov）画的，已有佳作的定评。威绥斯拉夫崔夫（N. N. Vuyshelavtsev）的插画六幅，取自《罗曼杂志》中，和中国的“绣像”颇相近，不算什么精采。但究竟总可以裨助一点阅者的兴趣，所以也就印进去了。在这里还要感谢靖华君远道见寄这些图画的盛意。

上海，一九三一年，一月十七日。译者。

《溃灭》第二部一至三章 译者附记

关于这一本小说，本刊第二本上所译载的藏原惟人的说明，已经颇为清楚了。但当我译完这第二部的上半时，还想写几句在翻译的进行中随时发生的感想。

这几章是很紧要的，可以宝贵的文字，是用生命的一部分，或全部换来的东西，非身经战斗的战士，不能写出。

譬如，首先是小资产阶级的知识者——美谛克——的解剖；他要革新，然而怀旧；他在战斗，但想安宁；他无法可想，然而反对无法中之法，然而仍然同食无法中之法所得的果子——朝鲜人的猪肉——为什么呢，因为他饿着！他对于巴克拉诺夫的未受教育的好处的见解，我以为是正确的，但这种复杂的意思，非身受了旧式的坏教育便不会知道的经验，巴克拉诺夫也当然无从领悟。如此等等，他们于是不能互相了解，一同前行。读者倘于读本书时，觉得美谛克大可同情，大可宽恕，便是自己也具有他的缺点，于自己的这缺点不自觉，则对于当来的革命，也不会真正地了解的。

其次，是关于袭击团受白军——日本军及科尔却克军——的迫压、攻击、渐濒危境时候的描写。这时候，队员对于队长，显些反抗，或冷淡模样了，这是解体的前征。但当革命进行时，这种情形是要有的，因为倘若一切都四平八稳，势如破竹，便无所谓革命，无所谓战斗。大众先都成了革命人，于是振臂一呼，万众响应，不折一兵，不费一矢，而成革命天下，那是和古人的宣扬礼教，使兆民全化为正人君子，于是自然而然地变了“中华文物之邦”的一样是乌托邦思想。革命有血，有污秽，但有婴孩。这“溃灭”正是新生之前的一滴血，是实际战斗者献给现代人们的大教训。虽然有冷淡，有动摇，甚至于因为依赖，因为本能，而大家还是向目的前进，即使前途终于是“死亡”，但这“死”究竟已经失了个人底的意义，和大众相融合了。所以只要有新生的婴孩，“溃灭”便是“新生”的一部分。中国的革命文学家和批评家常在要求描写美满的革命，完全的革命人，意见固然是高超完善之极了，但他们也因此终于是乌托邦主义者。

又其次，是他们当危急之际，毒死了弗洛罗夫，作者将这写成了很动人的一幕。欧洲的有一些“文明人”，以为蛮族的杀害婴孩和老人，是因为残忍蛮野，没有人心之故，但现在的实地考察的人类学者已经证明其误了：他们的杀害，是因为食物所逼，强敌所逼，出于万不得已，两相比较，与其委给虎狼，委之敌手，倒不如自己杀了去之较为妥当的缘故。所以这杀害里，仍有“爱”存。本书的这一段，就将这情形描写得非常显豁（虽然也含自有自利的自己觉得“轻松”一点的分子在内）。西洋教士，常说中国人的“溺女”“溺婴”，是由于残忍，也可以由此推知其谬，其实，他们是因为万不得已：穷。前年我在一个学校里讲演《老而不死论》，所发挥的也是这意思，但一个青年革命文学家将这胡乱记出，上加一段嘲笑的冒头，投给日报登载出来的时候，却将我的讲演全然变了模样了。

对于本期译文的我的随时的感想，大致如此，但说得太简略，辞不达意之处还很多，只愿于读者有一点帮助，就好。倘要十分了解，恐怕就非实际的革命者不可，至少，是懂些革命的意义，于社会有广大的了解，更至少，则非研究唯物的文学史和文艺理论不可了。

一九三〇年二月八日，L。

《表》
译者的话

《表》的作者班台莱耶夫（L. Panteleev），我不知道他的事迹。所看见的记载，也不过说他原是流浪儿，后来受了教育，成为出色的作者，且是世界闻名的作者了。他的作品，德国译出的有三种：一为“Schkid”（俄语“陀斯妥也夫斯基学校”的略语），亦名《流浪儿共和国》，是和毕理克（G. Bjelych）合撰的，有五百余页之多，一为《凯普那乌黎的复仇》，我没有见过；一就是这一篇中篇童话，《表》。

现在所据的即是爱因斯坦（Maria Einstein）女士的德译本，一九三〇年在柏林出版的。卷末原有两页编辑者的后记，但因为不过是对德国孩子们说的话，在到了年纪的中国读者，是统统知道了的，而这译本的读者，恐怕倒是到了年纪的人居多，所以就不再译在后面了。

当翻译的时候，给了我极大的帮助的，是日本槙本楠郎的日译本：《金时计》。前年十二月，由东京乐浪书院印行。在那本书上，并没有说明他所据的是否原文；但看藤森成吉的话（见《文学评论》创刊号），则似乎也就是德译本的重译。这对于我是更加有利的：可以免得自己多费心机，又可以免得常翻字典。但两本也间有不同之处，这里是全照了德译本的。

《金时计》上有一篇译者的序言，虽然说的是针对着日本，但也很可以供中国读者参考的。译它在这里：

“人说，点心和儿童书之多，有如日本的国度，世界上怕未必再有了。然而，多的是吓人的坏点心和小本子，至于富有滋养，给人益处的，却实在少得很。所以一般的人，一说起好点心，就想到西洋的点心，一说起好书，就想到外国的童话了。

“然而，日本现在所读的外国的童话，几乎都是旧作品，如将褪的虹霓，如穿旧的衣服，大抵既没有新的美，也没有新的乐趣的了。为什么呢？因为大抵是长大了的阿哥阿姊的儿童时代所看过的书，甚至于还是连父母也还没有生下来，七八十年前所作的，非常之旧的作品。

“虽是旧作品，看了就没有益，没有味，那当然也不能说的。但是，实实在在的留心读起来，旧的作品中，就只有古时候的‘有益’，古时候的‘有味’。这只要把先前的童谣和现在的童谣比较一下看，也就明白了。总之，旧的作品中，虽有古时候的感觉、感情、情绪和生活，而像现代的新的孩子那样，以新的眼睛和新的耳朵，来观察动物，植物和人类的世界者，却是没有的。

“所以我想，为了新的孩子们，是一定要给他新作品，使他向着变化不停的新世界，不断的发荣滋长的。

“由这意思，这一本书想必为许多人所喜欢。因为这样的内容簇新，非常有趣，而且很有名声的作品，是还没有绍介一本到日本来的。然而，这原是外国的作品，所以纵使怎样出色，也总只显着外国的特色。我希望读者像游历异国一样，一面鉴赏着这特色，一面怀着涵养广博的智识，和高尚的情操的心情，来读这一本书。我想，你们的见闻就会更广、更深，精神也因此磨炼出来了。”

还有一篇秋田雨雀的跋，不关什么紧要，不译它了。

译成中文时，自然也想到中国。十来年前，叶绍钧先生的《稻草人》是给中国的童话开了一条自己创作的路的。不料此后不但并无蜕变，而且也没有人追踪，倒是拼命的在向后转。看现在新印出来的儿童书，依然是司马温公敲水缸，依然是岳武穆王脊梁上刺字；甚而至于“仙人下棋”，“山中方七日，世上已千年”；还有《龙文鞭影》里的故事的白话译。这些故事的出世的时候，岂但儿童们的父母还没有出世呢，连高祖父母也没有出世，那么，那“有益”和“有味”之处，也就可想而知了。

在开译以前，自己确曾抱了不小的野心。第一，是要将这样的崭新的童话，绍介一点进中国来，以供孩子们的父母、师长以及教育家，童话作家来参考；第二，想不用什么难字，给十岁上下的孩子们也可以看。但是，一开译，可就立刻碰到了钉子了，孩子的话，我知道得太少，不够达出原文的意思来，因此仍然译得不三不四。现在只剩了半个野心了，然而也不知道究竟怎么样。

还有，虽然不过是童话，译下去却常有很难下笔的地方。例如译作“不够格的”，原文是defekt，是“不完全”“有缺点”的意思。日译本将它略去了。现在倘若译作“不良”，语气未免太重，所以只得这么的充一下，然而仍然觉得欠切帖。又这里译作“堂表兄弟”的是Olle，译作“头儿”的是Gannove，查了几种字典，都找不到这两个字。没法想就只好头一个据西班牙语，第二个照日译本，暂时这么的敷衍着，深望读者指教，给我还有改正的大运气。

插画二十二小幅，是从德译本复制下来的。作者孚克（Bruno Fuk），并不是怎样知名的画家，但在二三年前，却常常看见他为新的作品作画的，大约还是一个青年罢。

鲁迅。

《俄罗斯的童话》小引

这是我从去年秋天起，陆续译出，用了“邓当世”的笔名，向《译文》投稿的。

第一回有这样的几句《后记》：

“高尔基这人和作品，在中国已为大家所知道，不必多说了。

“这《俄罗斯的童话》，共有十六篇，每篇独立；虽说‘童话’，其实是从各方面描写俄罗斯国民性的种种相，并非写给孩子们看的。发表年代未详，恐怕还是十月革命前之作；今从日本高桥晚成译本重译，原在改造社版《高尔基全集》第十四本中。”

第二回，对于第三篇，又有这样的《后记》两段：

“《俄罗斯的童话》里面，这回的是最长的一篇，主人公们之中，这位诗人也是较好的一个，因为他终于不肯靠装活死人吃饭，仍到葬仪馆为真死人出力去了，虽然大半也许为了他的孩子们竟和帮闲‘批评家’一样，个个是红头毛。我看作者对于他，是有点宽恕的，——而他真也值得宽恕。

“现在的有些学者说：文言白话是有历史的。这并不错，我们能在书本子上看到；但方言土语也有历史——只不过没有人写下来。帝王卿相有家谱，的确证明着他有祖宗；然而穷人以至奴隶没有家谱，却不能成为他并无祖宗的证据。笔只拿在或一类人的手里，写出来的东西总不免于蹊跷，先前的文人哲士，在记载上就高雅得古怪。高尔基出身下等，弄到会看书，会写字，会作文，而且作得好，遇见的上等人又不少，又并不站在上等人的高台上看，于是许多西洋镜就被拆穿了。如果上等诗人自己写起来，是决不会这模样的。我们看看这，算是一种参考罢。”

从此到第九篇，一直没有写《后记》。

然而第九篇以后，也一直不见登出来了。记得有时也又写有《后记》，但并未留稿，自己也不再记得说了些什么。写信去问译文社，那回答总是含含糊糊，莫名其妙。不过我的译稿却有底子，所以本文是完全的。

我很不满于自己这回的重译，只因别无译本，所以姑且在空地里称雄。倘有人从原文译起来，一定会好得远远，那时我就欣然消灭。

这并非客气话，是真心希望着的。

一九三五年八月八日之夜，鲁迅。

《坏孩子和别的奇闻》

前记

司基塔列慈（Skitalez）的《契诃夫记念》里，记着他的谈话——

“必须要多写！你起始唱的是夜莺歌，如果写了一本书，就停止住，岂非成了乌鸦叫！就依我自己说：如果我写了头几篇短篇小说就搁笔，人家决不把我当做作家！契红德！一本小笑话集！人家以为我的才学全在这里面。严肃的作家必说我是另一路人，因为我只会笑。如今的时代怎么可以笑呢？”（耿济之译，《译文》二卷五期。）

这是一九〇四年一月间的事，到七月初，他死了。他在临死这一年，自说的不满于自己的作品，指为“小笑话”的时代，是一八八〇年，他二十岁的时候起，直至一八八七年的七年间。在这之间，他不但用“契红德”（Antosha Chekhonte）的笔名，还用种种另外的笔名，在各种刊物上，发表了四百多篇的短篇小说、小品、速写、杂文、法院通信之类。一八八六年，才在彼得堡的大报《新时代》上投稿；有些批评家和传记家以为这时候，契诃夫才开始认真的创作，作品渐有特色，增多人生的要素，观察也愈加深邃起来。这和契诃夫自述的话，是相合的。

这里的八个短篇，出于德文译本，却正是全属于“契红德”时代之作，大约译者的本意，是并不在严肃的绍介契诃夫的作品，却在辅助玛修丁（V. N. Massiutin）的木刻插画的。玛修丁原是木刻的名家，十月革命后，还在本国为勃洛克（A.Block）刻《十二个》的插画，后来大约终于跑到德国去了，这一本书是他在外国的谋生之术。我的翻译，也以绍介木刻的意思为多，并不著重于小说。

这些短篇，虽作者自以为“小笑话”，但和中国普通之所谓“趣闻”，却又截然两样的。它不是简单的只招人笑。一读自然往往会笑，不过笑后总还剩下些什么，——就是问题。生瘤的化装，蹩脚的跳舞，那模样不免使人笑，而笑时也知道：这可笑是因为他有病。这病能医不能医。这八篇里面，我以为没有一篇是可以一笑就了的。但作者自己却将这些指为“小笑话”，我想，这也许是因为他谦虚，或者后来更加深广，更加严肃了。

一九三五年九月十四日，译者。

译者后记

契诃夫的这一群小说，是去年冬天，为了《译文》开手翻译的，次序并不照原译本的先后。是年十二月，在第一卷第四期上，登载了三篇，是《假病人》《簿记课副手日记抄》和《那是她》，题了一个总名：谓之《奇闻三则》，还附上几句后记道——

> 以常理而论，一个作家被别国译出了全集或选集，那么，在那一国里，他的作品的注意者、阅览者和研究者该多起来，这作者也更为大家所知道，所了解的。但在中国却不然，一到翻译集子之后，集子还没有出齐，也总不会出齐，而作者

可早被压杀了。易卜生、莫泊桑、辛克莱，无不如此，契诃夫也如此。

不过姓名大约还没有被忘却。他在本国，也还没有被忘却的，一九二九年做过他死后二十五周年的纪念，现在又在出他的选集。但在这里我不想多说什么了。

《奇闻三篇》是从 Alexander Eliasberg 的德译本《Der Persische Orden und andere Grostesken》（Wet-Verlag,Berlin, 1922）里选出来的。这书共八篇，都是他前期的手笔，虽没有后来诸作品的阴沉，却也并无什么代表那时的名作，看过美国人做的《文学概论》之类的学者或批评家或大学生，我想是一定不准它称为"短篇小说"的，我在这里也小心一点，根据了"Groteske"这一个字，将它翻作了"奇闻"。

第一篇绍介的是一穷一富，一厚道一狡猾的贵族；第二篇是已经爬到极顶和日夜在想爬上去的雇员；第三篇是圆滑的行伍出身的老绅士和爱听艳闻的小姐。字数虽少，脚色却都活画出来了。但作者虽是医师，他给簿记课副手代写的日记是当不得正经的，假如有谁看了这一篇，真用升汞去治胃加答儿，那我包管他当天就送命。这种通告，固然很近于"杞忧"，但我却也见过有人将旧小说里狐鬼所说的药方，抄进了正经的医书里面去——人有时是颇有些希奇古怪的。

这回的翻译的主意，与其说为了文章，倒不如说是因为插画；德译本的出版，好像也是为了插画的。这位插画家玛修丁（V. N. Massiutin），是将木刻最早给中国读者赏鉴的人，《未名丛刊》中《十二个》的插图，就是他的作品，离现在大约已有十多年了。

今年二月，在第六期上又登了两篇：《暴躁人》和《坏孩子》。那后记是——

契诃夫的这一类的小说，我已经绍介过三篇。这种轻松的小品，恐怕中国是早有译本的，但我却为了别一个目的：原本的插画，大概当然是作品的装饰，而我的翻译，则不过当作插画的说明。

就作品而论，《暴躁人》是一八八七年作；据批评家说，这时已是作者的经历更加丰富，观察更加广博，但思想也日见阴郁，倾于悲观的时候了。诚然，《暴躁人》除写这暴躁人的其实并不敢暴躁外，也分明的表现了那时的闺秀们之鄙陋，结婚之不易和无聊；然而一八八三年作的大家当作滑稽小品看的《坏孩子》，悲观气息却还要沉重，因为看那结末的叙述，已经是在说：报复之乐，胜于恋爱了。

接着我又寄去了三篇：《波斯勋章》《难解的性格》和《阴谋》，算是全部完毕。但待到在《译文》第二卷第二期上发表出来时，《波斯勋章》不见了，后记上也删去了关于这一篇作品的话，并改“三篇”为“二篇”——

木刻插画本契诃夫的短篇小说共八篇，这里再译二篇。

《阴谋》也许写的是夏列斯妥夫的性格和当时医界的腐败的情形。但其中也显示着利用人种的不同于“同行嫉妒”。例如，看起姓氏来，夏列斯妥夫是斯拉夫种人，所以他排斥“摩西教派的可敬的同事们”——犹太人，也排斥医师普莱息台勒（Gustav Prechtel）和望·勃隆（Von Bronn）以及药剂师格伦美尔（Grummer），这三个都是德国人姓氏，大约也是犹太人或者日耳曼种人。这种关系，在作者本国的读者是一目了然的，到中国来就须加些注释，有点缠夹了。但参照起中村白叶氏日本译本的《契诃夫全集》，这里却缺少了两处关于犹太人的并不是好话。一、是缺了“摩西教派的同事们聚作一团，在嚷叫”之后的一行：“‘哗拉哗拉，哗拉哗拉，哗拉哗拉……’”；二、是“摩西教派的可敬的同事又聚作一团”下面一句“在嚷叫”，乃是“开始那照例的——

‘哗拉哗拉，哗拉哗拉’了……”但不知道原文原有两种的呢，还是德文译者所删改？我想，日文译本是决不至于无端增加一点的。

平心而论，这八篇大半不能说是契诃夫的较好的作品，恐怕并非玛修丁为小说而作木刻，倒是翻译者 Alexander Eliasberg 为木刻而译小说的罢。但那木刻，却又并不十分依从小说的叙述，例如《难解的性格》中的女人，照小说，是扇上该有须头，鼻梁上应该架着眼镜，手上也该有手镯的，而插画里都没有。大致一看，动手就做，不必和本书一一相符，这是西洋的插画家很普通的脾气。虽说“神似”比“形似”更高一著，但我总以为并非插画的正轨，中国的画家是用不着学他的——倘能“形神俱似”，不是比单单的“形似”又更高一著么？

但“这八篇”的“八”字没有改，而三次的登载，小说却只有七篇，不过大家是不会觉察的，除了编辑者和翻译者。谁知道今年的刊物上，新添的一行“中宣会图书杂志审委会审查证……字第……号”，就是“防民之口”的标记呢，但我们似的译作者的译作，却就在这机关里被删除，被禁止，被没收了，而且不许声明，像衔了麻核桃的赴法场一样。这《波斯勋章》，也就是所谓“中宣……审委会”暗杀账上的一笔。

《波斯勋章》不过描写帝俄时代的官僚的无聊的一幕，在那时的作者的本国尚且可以发表，为什么在现在的中国倒被禁止了？——我们无从推测。只好也算作一则“奇闻”。但自从有了书报检查以来，直至六月间的因为“《新生》事件”而烟消火灭为止，它在出版界上，却真有“所过残破”之感，较有斤两的译作，能保存它的完肤的是很少的。

自然，在地土、经济、村落、堤防，无不残破的现在，文艺当然也不能独保其完整。何况是出于我的译作，上有御用诗官的施威，下有帮闲文人的助虐，那遭殃更当然在意料之中了。然而一面有残毁者，一面也有保全、补救、推进者，世界这才不至于荒废。我是愿意属于后一类，也分明属于后一类的。现在仍取八篇，编为一本，使这小集复归于完全，事虽琐细，却不但在今年的文坛上为他们留一种亚细亚式的“奇闻”，也作了我们的一个小小的记念。

一九三五年九月十五之夜，记。

《察拉图斯忒拉的序言》译者附记

《察拉图斯忒拉这样说》（Also Sprach Zarathustra）是尼采的重要著作之一，总计四篇，另外《序言》（Zarathustra's Vorrede）一篇，是一八八三至一八八六年作的。因为只做了三年，所以这本书并不能包括尼采思想的全体；因为也经过了三年，所以里面又免不了矛盾和参差。

序言一总十节，现在译在前面；译文不妥当的处所很多，待将来译下去之后，再回上来改定。尼采的文章既太好；本书又用箴言（Sprueche）集成，外观上常见矛盾，所以不容易了解。现在但就含有意思的名词和隐晦的句子略加说明如下：

第一节叙 Zarathustra 入山之后，又大悟下山；而他的下去（Untergang），就是上去。Zarathustra 是波斯拜火教的教主，中国早知道，古来译作苏鲁支的就是；但本书只是用他名字，与教义无关，惟上山下山及鹰蛇，却根据着火教的经典（Avesta）和神话。

第二节叙认识的圣者（Zarathustra）与信仰的圣者在林中会见。

第三节 Zarathustra 说超人（Uebermensch）。走索者指旧来的英雄以冒险为事业的；群众对于他，也会麕集观览，但一旦落下，便都走散。游魂（Gespenst）指一切幻想的观念：如灵魂、神、鬼、永生等。不是你们的罪恶——却是你们的自满向天叫……意即你们之所以万劫不复者，并非因为你们的罪恶，却因为你们的自满，你们的怕敢犯法；何谓犯法，见第九节。

第四节 Zarathustra 说怎样预备超人出现。星的那边谓现世之外。

第五节 Zarathustra 说末人（Der Letzte Mensch）。

第六节 Zarathustra 出山之后，只收获了一个死尸，小丑（Possenreisser）有两样意思：一是乌托邦思想的哲学家，说将来的一切平等自由，使走索者坠下；一是尼采自况。因为他亦是理想家（G. Naumann 说），但或又谓不确（O. Gramzow）。用脚跟搔痒你是跑在你前面的意思。失了他的头是张皇失措的意思。

第七节 Zarathustra 验得自己与群众太辽远。

第八节 Zarathustra 被小丑恐吓，坟匠嘲骂，隐士怨望。坟匠（Totengraeber）是专埋死尸的人，指陋劣的历史家，只知道收拾故物，没有将来的眼光；他不但嫌忌 Zarathustra，并且嫌忌走索者，然而只会诅咒。老人也是一种信仰者，但与林中的圣者截然不同，只知道布施不管死活。

第九节 Zarathustra 得到新真理，要寻求活伙伴，埋去死尸。我（Zarathustra）的幸福谓创造。

第十节鹰和蛇引导 Zarathustra 开始下去。鹰与蛇都是标征：蛇表聪明，表永远轮回(Ewige Wieder kunft);鹰表高傲，表超人。聪明和高傲是超人；愚昧和高傲便是群众。而这愚昧的高傲是教育（Bildung）的结果。